一晩だけの禁断の恋のはずが
憧れの御曹司に溺愛されてます

プロローグ　黄昏時《たそがれどき》の出会い

「小日向《こひなた》、出かけるのか？」

十一月の午後、自身が勤める建築設計を担《にな》う神田《かんだ》デザインのオフィスで、レザーのトートバッグに資料を詰めていた小日向莉子《りこ》は、そう声をかけられ顔を上げた。

見ると先輩社員の雨宮和也《あまみやかずや》が、デスクチェアに背中を預けてこちらを見ている。

所長をはじめ、うるさい先輩社員がいないのをいいことに、仕事をサボっているらしい。

怠《だる》そうにこちらに顔を向ける雨宮のやる気のなさに、莉子は内心眉をひそめる。

「新規リフォームの打ち合わせです。その帰りに、次回のコンペの現地視察に行ってきます」

雨宮の態度に思うところはあっても、相手は先輩だ。感情を抑えて話す莉子に、雨宮がチッと舌を鳴らす。

「次回のコンペって、あれだろ？　ＫＳ《ケーエス》デザインも参加するやつ。そんなのまた加賀弘樹《かがひろき》が、加賀設計のご威光で受注を取るんだから、現地視察なんて時間の無駄だ」

雨宮が人の仕事にケチをつけるのは、今に始まったことではない。

なんだかんだと言い訳をして努力を放棄するだけでなく、頑張っている他の社員のやる気を削《そ》ぐようなことを言ってくる。

以前、そんな彼の態度をやんわりと正したところ、その後、かなりの嫌がらせを受ける羽目になった。そのため最近は、彼の発言は聞き流すことにしている。けれど、湧き上がる不快感までは抑えられない。

「そうですね。でも、今後の勉強のために視察はしておきます」

無表情でそう返してオフィスを出ていく莉子の背中に、雨宮の聞えよがしな声が飛ぶ。

「アイツ、ホント可愛げがないよな。女として、マジ終わってる」

コンプライアンス教育の参考事例として、そのまま利用できそうなハラスメント発言だが、わざわざ相手にする時間が勿体《もったい》ない。

莉子は聞こえなかったフリをして、オフィスを出た。


予定どおりリフォームの打ち合わせを終えた莉子は、その足で老朽化の進んだ商業施設を訪れた。

昔は地域の生活を支えていたその商業施設は、近くに新たな大型複合施設ができたことで、今年役目を終える。

跡地には、大手企業が経営母体の飲食店が建つ予定になっており、そのテナント設計は複数の設計事務所が参加するコンペで決められることになっていた。

莉子が勤める神田デザインも、コンペに参加する予定だ。すでに下見は終えて、ある程度の草案はできているのだけど、よりよいものにするために再度現地を見に来たのだった。

冬の夕暮れは早い。

まだ十七時前なのに、僅《わず》かに夕日の名残《なごり》を残した濃い藍《あい》色の空には宵《よい》の明星《みょうじょう》が輝いている。

寒い中デジカメを片手に周囲を散策していると、不意に脳裏に雨宮の言葉が蘇《よみがえ》る。

『そんなのまた加賀弘樹が……』

彼の意見を肯定するつもりはないけど、そう言いたくなる気持ちが少しだけわかる。

雨宮の言う「加賀弘樹」とは、ＫＳデザインの社長のことだ。

神田デザインとは事業規模や得意分野が似ているためか、コンペで競うことが多く、最終候補で顔を合わせることが度々ある。しかし悔しいことに、選ばれるのは高確率でＫＳデザインの方だった。

数少ない神田デザインが勝った案件は、どれも所長の神田が率先して手掛けたもので、莉子や雨宮が任されたものは全てＫＳデザインに負けていた。

その原因はもちろん、自分たちの力不足にある。

だから莉子は、雨宮のように、どうせ負けるのだからと最初から試合を放棄するのではなく、今できる努力を精一杯して臨《のぞ》みたい。

そしていつかは、加賀弘樹を唸《うな》らせるような企画を提案して勝利を勝ち取ってみせる。

そうでなくては、若手育成のためにコンペに参加させてくれている神田所長に失礼だ。

特に今回のコンペは、莉子や雨宮といった若手に全件を委《ゆだ》ねてくれているので、いつも以上に気合が入る。

――今度こそ、ウチが勝つ！

そう自分を鼓舞《こぶ》して、莉子は宵闇《よいやみ》に沈む街並みへレンズを向けた。

――バッグ、邪魔かも……

撮りたいアングルに合わせてカメラを構えると、資料の詰まったバッグが肩から落ちてきてバランスが取りにくい。

かといって地面に置くのも嫌で、カメラを構える度に肩からずり落ちてくるバッグに悪戦苦闘していると、不意にそれが軽くなった。

「え？　――っ！」

驚いて振り向いた莉子は、背後に立つ人の姿に息を呑んだ。

――どうして彼がここに……

「神田デザインさんの子だよね。写真撮る間、バッグを持ってるよ」

そう言って、にっこり微笑みかけてくるのは、先ほど静かな対抗心を燃やしていたＫＳデザイン社長の加賀弘樹、その人だった。

弘樹は、莉子のバッグの持ち手を握って軽く浮かせてくれている。

「君も視察？　俺もだよ」

彼は人好きのする笑みを浮かべて言う。そして莉子の肩から、スルリとバッグを取り上げると自分の肩にかけた。

そしてキョトンとしている莉子に、写真を撮るように顎《あご》の動きで促《うなが》す。

「あの……」

「黄昏時《たそがれどき》のこの感じ、いいよな。万人《ばんにん》の郷愁を誘う風情《ふぜい》がある」

こちらの戸惑いなど眼中にない感じで、弘樹は莉子がレンズを向けていた方角へ視線を動かす。

彼方《かなた》へ目をやる彼の表情は穏やかで、ただそこにいるだけで映画のワンシーンのように様になる。

それにつられて莉子もそちらに視線を向けると、柔らかな闇に浮かぶ住宅の灯りが広がっていた。

夕暮れから夜へ向かう景色は、彼の言葉どおり不思議とどこか懐《なつ》かしい。

生まれ育った街でもないし、故郷に似ているわけでもない。それなのに、次第に暗くなる景色に浮かび上がる街灯や家々の灯りは、不思議なほど郷愁を誘う。

「冬の夕暮れは早いよ」

景色に見惚れていると、弘樹にポンッと背中を押された。

それで本来の目的を思い出した莉子は、シャッターチャンスを優先することに決めた。弘樹にバッグを預けたことで身軽になった莉子は、そのまま景色に意識を集中させていく。

街並み、建設予定地、近くの街路樹、資料として残しておきたい風景を、様々な角度から写真に収めていると、ファインダーの中に弘樹の姿が飛び込んできた。

莉子のバッグを肩にかけ、細身のスーツの上にダウンジャケットを羽織った彼は、ポケットに両手を突っ込み、モデルのような佇《たたず》まいで遠くに視線を向けている。

弘樹は自分にレンズが向いていることに気付くと、白い息を吐いてクシャリと人懐《ひとなつ》っこい笑みを浮かべた。ついでといった感じで、わざわざポケットから左手を出してピースサインまでつけてくれる。

コシのある黒髪を適当に遊ばせている彼は、形のよい二重《ふたえ》で目力が強い。年齢より若く見えるが、背が高く甘さを含んだビターチョコを連想させる大人の男の魅力に溢《あふ》れている。

そんな彼に視線を向けられ、莉子は思わずシャッターを切ってしまった。

「す、すみません！　後できちんと消しておきますので」

「ああ、ごめん。データーの無駄使いをさせたね。消しておいて」

莉子の言葉を違った意味に捉《とら》えた弘樹が、申し訳なさそうに言う。

莉子としては、彼の社会的地位を考えての発言だったのだが、本人はそういうことは気にしていないらしかった。

加賀弘樹――年齢は確か、二十七歳の莉子より八歳年上の三十五歳。学生時代から海外の有名な賞を授与し、将来有望な若手建築家としてその名を響かせていた。その上、今は加賀設計という大手設計事務所の子会社であるＫＳデザインの社長を務めている。

若く才能に溢《あふ》れたイケメン社長――それだけでも十分なモテ要素であるが、彼は加賀設計の創業家直系であり現社長の孫ときている。

社長が元気なうちは、子会社であるＫＳデザインで自由に腕を振るうと共に、経営に必要なノウハウを学んでいるのだとか。

これまでは、なんとなく自分とは違う特別な存在のように思っていたので、彼の気さくな態度を意外に思った。

――加賀さんって、こういう人なんだ……

そこで、ずっと彼にバッグを持たせたままでいたことを思い出し、莉子は慌てて手を差し出す。

「バッグ、ありがとうございました」

「この後、まだこの辺を見て回るのか？　もし帰るなら、軽くどうだ？」

莉子のバッグを返すことなく、弘樹は手の動きで飲みに誘ってきた。

そんな滅相もないと、莉子は首と手を振る。

「残念ですけど、今から会社に戻らないといけないので」

莉子が当たり障りのない断りの言葉を口にすると、弘樹は残念といった感じで肩をすくめる。

でも別に、本気で残念がっている雰囲気ではなさそうだ。

その反応も含めて、社交辞令のようなものだろう。

「それなら、車で事務所まで送ろう」

腕時計で時間を確認して弘樹が言う。

その申し出に、それこそとんでもないと、莉子は激しく首を横に振った。

莉子の反応を見た弘樹は、それならばと、すぐに別の提案をしてくる。

「じゃあ、暗くなって危ないから駅まで送るよ」

弘樹はそう言うと、莉子の返答を待つことなく歩き出した。

「あ、バッグ……」

「重たいから駅まで持つよ」

手を差し出して背中を追いかける莉子に、弘樹が言う。

そんなわけにはいかないと、莉子は頑張って早足で彼を追い越し、その前に立ちはだかる。

「そんなの、悪いです」

肩で息をする莉子がそう眉尻を下げると、弘樹も負けじと眉尻を下げて困り顔を見せた。

「俺としては、自分より明らかに小柄な女性に荷物を持たせて歩かせる方が、心苦しくて困るんだけど」

「……っ」

仕事の兼ね合いで時折見かける彼は、経営者として隙のない精悍《せいかん》な表情をしていることが多い。

だからこんな人間味に溢《あふ》れた表情を見せられると、自分の方が悪いことを言ったような気分になってしまう。

「だから、これは俺が持つよ」

「あっ！」

彼の表情にひるんだ隙に、弘樹は莉子の頭をクシャリと撫でて再び歩き出す。

チラリとこちらを振り返った弘樹は、どこか得意げだ。

どうやらさっきの表情も、彼の作戦だったらしい。

「……」

なんだか彼にしてやられた気分になりつつ、莉子はその背中を追いかけた。

並んで歩いてすぐに、自分を駅まで送らなければ済む話ではないかと気付いたが、提案したところで言い負かされそうな気がするのでやめておく。

――なんだか、加賀さんには勝てる気がしない。

それは、この小競り合いのことを言っているわけじゃなく、人生の全てにおいて、加賀弘樹という人に勝てる気がしなかった。

雨宮はコンペで神田デザインが加賀弘樹に勝てないのは加賀設計のご威光だと主張していたが、そうでないことは彼の手掛けた仕事を見れば一目瞭然《いちもくりょうぜん》だ。

――加賀さんのデザインは、とにかくいい。

きっと彼は可能な限りヒヤリングを繰り返し、今日のように、こまめに現地に足を運んで、周囲の環境やその場の空気を直接肌で感じてプランを立てているのだろう。

まだまだ新米の域を出ない莉子でも、彼の企画を見れば、それを察することができた。

おまけに、こうして直接弘樹の人柄に触れたことで、彼の魅力は企画力に限ったものではないと実感する。

弘樹には気取ったところがなく、年下の莉子にも自然体で接してくれる。

彼は人の心を引き付ける魅力に溢《あふ》れていて、ライバル会社の莉子でさえ「この人と一緒に仕事ができたら楽しいだろうな」などと考えてしまうくらいだ。

これが、世に言うカリスマ性というものなのかもしれない。

――そういえば加賀さん、どうして私のことを知っていたんだろう？

莉子にとって弘樹は、尊敬に近い憧れの感情を抱《いだ》く相手だけど、その感情は一方的なものだ。

コンペで顔を合わせることはあっても、まさか自分の存在を認識されていたとは思わなかった。

「どうかした？」

忙《せわ》しなく思考を巡《めぐ》らせていた莉子に、隣を歩く弘樹が不思議そうな顔を向ける。

いつの間にか夕日の名残《なごり》も消え、すっかり暗くなった空には白い月が浮かんでいた。完全に日が沈み、下がった気温のせいか吐く息が白い。

街灯に溶けていくそれを見るともなしに見ていた莉子は、ふと彼の左手の薬指で鈍く輝くものに気付いた。

手袋をしていない彼の左手の薬指には、銀色の指輪が嵌《は》まっている。

「ご結婚、されているんですね」

莉子が左手に視線を向けて言うと、弘樹も自分の指に視線を向ける。

一度指輪を確認した弘樹は、莉子に向かってはにかむような笑顔を見せた。

「正式に……というわけじゃないけどね」

そこで、弘樹が国際結婚をしていて、海外で暮らす妻とは別居状態にあるらしいといった噂を耳にした記憶が蘇《よみがえ》る。

――国際結婚だと、色々難しいのかな？

なんにせよ、正式ではなくても、彼は既婚者ということだ。

こんな大人の色気に溢《あふ》れたイケメン御曹司が、もし独身だったとしたら、きっと周囲の女性が放っておかないだろう。

彼を射止めた女性は、さぞや素敵な女性に違いない。

連想ゲームのように次から次へと出てくる考えに、莉子はそっと笑う。

「どうかしたか？」

控えめな微笑みに、目ざとく気付いた弘樹が尋ねる。

その声には、とても自然な親しみが込められていて、二人の間にも話しやすい空気が生まれる。

だから莉子は、素直に今感じていることを口にした。

「なんだか加賀さんが、人間、人間していていてホッとしました」

「人間、人間……？」

少しキョトンとした表情を浮かべる弘樹もまた、莉子の心を和《なご》ませる。

「建築家としての加賀さんは、私なんかとはまったく違う特別な存在のように感じていたんです。だけどこうやって話してみると、普通の人なんだなって感じて安心しました」

軽やかな足取りで彼を追い抜かした莉子は、くるりと踵《きびす》を返して弘樹を見上げる。

「加賀さんの設計が素敵なのは、加賀さんが浮世離れした特別な存在だからじゃないって、実感していたところです」

「そりゃそうだろ。普通の人が普通に利用する場所を提案するんだから、その視線がなきゃ、いい図面は描けないよ」

それを聞いた莉子は、一度背後を振り仰ぎ、空に浮かぶ月を見上げてから小さく握り拳《こぶし》を作って続けた。

「それなら、努力すれば私も、いつか加賀さんに追いつけるってことですよね」

もちろんそれは、並大抵の努力ではないだろう。

それでも雨宮のように、最初から勝てるはずがないと努力を放棄するよりずっといい。

やる気に満ちた表情でそう話す莉子に、弘樹は一瞬、目を見開く。でもすぐに、その目を優しく細めた。

「ああ。そうだな」

そんなことを話している間に、駅に到着した。

「バッグ、ありがとうございました」

莉子が手を差し出すと、弘樹は肩にかけていたレザーバッグを外した。

それを莉子に差し出しながら言う。

「今度また、食事に誘ってもいいか？」

「……？」

動きを止めた莉子が「なんのために？」と視線で問いかけると、弘樹が困ったように笑う。

「同業者として、若手の意見を聞いてみたい」

――このお誘いは、社交辞令かな？

もしかしたら、本当にそう思ってくれてのことかもしれないけれど、彼のような人が自分の意見を聞いて得るものなどあるのだろうか。

もっと話をしてみたいという気持ちはあるけれど、的外れな発言しかできなかった場合、忙しい彼の貴重な時間を無駄にさせることになる。それはさすがに申し訳ない。

とりあえず社交辞令には、社交辞令を返しておくのが無難だろう。

「機会があれば是非」

「じゃあ、次の機会を楽しみにしているよ」

お互いそつのない笑顔で挨拶《あいさつ》をして、莉子は弘樹と別れた。

改札を抜けてホームに続く階段を上《のぼ》る前に振り向くと、見送ってくれていた弘樹が律儀に小さく手を振ってくれた。

年上相手に失礼ではあるが、その姿をなんだか可愛く思う。

女としての可愛げゼロの自分と、既婚者でイケメン御曹司――それも、自分が同業者として尊敬している相手だ。そんな二人に、この先なにか起きるとは思わないけれど、彼を見ると不思議と心がくすぐったくなる。

そっと小さく手を振り返した莉子は、弾む足取りで階段を上《のぼ》っていった。

1　王子様との再会

年が明けた一月。神田デザインとＫＳデザインが共に参加した件《くだん》のコンペティションは、大方の予想どおりＫＳデザインの案が採用されて終わった。

その結果に、雨宮は憤懣《ふんまん》やるかたない様子で「できレースだ」と騒いでいたが、莉子は当然の結果として受け止めている。

神田デザインのプランは、外観を雨宮、内装を莉子が主導して制作してきたが、雨宮は新規参入の飲食店の存在感を強く主張するような外観を提案していた。

それに対し、ＫＳデザインが提案した図面は、地域の景観に不思議と馴染むものだった。

どちらも老朽化した商業施設の面影《おもかげ》を残すことなく新しく作り替えているのに、描かれたプランは正反対のものになっていた。

たとえて言うのであれば、雨宮が描いた図面は、穏やかな川の流れに石を投げ込んだようなインパクトがあるのに対し、弘樹が描いた図面は、川に笹舟を浮かべてその流れに沿っていく姿を連想させた。内装もまたしかりである。

——加賀さんのデザインは、やっぱりいい。

今回のKSデザインの図面を見て、莉子は再度そう認識した。

十一月の黄昏時《たそがれどき》、偶然遭遇した弘樹と自分は同じ景色を見ていたはずなのに、彼に見えていて自分に見えていなかったものはなんだったのだろうか。

あの日、弘樹は「普通の人が普通に利用する場所を提案する」と話していた。当たり前で簡単なことだけど、それをうまく表現するのは難しい。

——もし加賀さんの目を通して世界を見ることができたら、今見えている景色はどんなふうに変わるだろう。

そんな疑問を素直に言葉にして所長の神田に投げかけたところ、神田から「直接本人と話してみれば、そのヒントが見えてくるかもよ」と返してくれた。そして、同業者が多く参加する、賀詞《がし》交換会に自分の代役として出席してはどうかと勧めてくれたのだ。

そのありがたい申し出に飛びついた莉子は、一月某日、都内の老舗《しにせ》ホテルのパーティールームを訪れていた。

「すごい人……」

立食形式の賀詞《がし》交換会に参加している顔ぶれを眺め、莉子は静かに唸《うな》った。

参加者は全体的に年配者が多く、男女問わず上品で洒落た装《よそお》いをしている。それだけでも気後れしてしまうのに、参加者の中には業界紙でよく見かける顔もあるので、より一層緊張してしまう。

軽い気持ちで参加してしまったが、かなり場違いなところに紛れ込んでしまった気がして仕方がない。

莉子がいつものシンプルなパンツスーツで来たことを後悔していると、大きな手に肩を叩かれた。

「神田デザインの子、また会ったね」

ポンッと軽く触れる手の感触と共に、低く甘い男性の声が聞こえる。

心地よいバリトンに、相手が誰であるかを察して視線を向けると、思ったとおりの人が立っていた。

「加賀さん、お久しぶりです」

今日の弘樹は、洒落っ気のあるデザインの三つ揃いのスーツを品良く着こなしている。

甘さを含んだ端整な顔立ちも相まって、まるでファッション誌から抜け出してきたモデルのようだ。そんな彼の佇《たたず》まいに一瞬見惚れてしまう。

でもすぐに神田の名代としてこの場に参加させてもらっていることを思い出し、莉子は丁寧に頭を下げて、弘樹と形式的な新年の挨拶《あいさつ》を交わした。

「今日、神田さんは？」

「所長は別件で地方に赴《おもむ》いており、本日は私が……」

顔を熱くしながら必死に言葉を紡《つむ》ぐ莉子の姿に、弘樹が柔らかな表情を浮かべて言う。

「俺相手に、そんなにかしこまらなくてもいいよ」

「……」

そんなことを言われても、莉子としては、相手が弘樹だからこそ余計に緊張してしまうのだ。

どうしたものかと難しい顔をしている莉子に気付き、弘樹が話題を変えた。

「神田さんから聞いたけど、この間のコンペの内装は、小日向さんが担当していたんだってね。あれよかったよ」

「えっ！」

弘樹に褒《ほ》められたことにも、彼が自分の名前を知っていたことにも驚いてしまう。

キョトンとする莉子に、弘樹もキョトンとした表情を返す。

「加賀さん、私の名前をご存じだったんですね」

驚きのあまり、莉子が思ったことをそのまま言葉にすると、彼は口元を押さえて笑う。

「そりゃ、コンペで何度も顔を合わせているし、名刺交換もしているから知ってるよ。それに神田さんが君のことをよく褒《ほ》めているからね」

「そう……なんですか」

口調から察するに、弘樹と神田にはそこそこの交流があるらしい。

今年還暦《かんれき》の神田は、普段は甘い物好きの好々爺《こうこうや》といった印象が強いが、過去には建築業界の名だたる賞を受賞している実力者だ。

そんな神田が自分を褒《ほ》めてくれているというのは素直に嬉しい。

くすぐったい感情を持て余していた莉子は、今さらながらに自分が肝心なことを言っていなかったことを思い出す。

「あの、今回のコンペ、おめでとうございます。ＫＳデザインさんのプランは本当に素敵で、勉強になりました」

莉子は、一度背筋を伸ばして頭を下げる。

「ありがとう。君にそう言ってもらえるのは、嬉しいよ」

自分に向けられた賛辞を真っ直ぐに受け止めた弘樹は、綺麗な二重《ふたえ》の目を不意にすっと細めた。

そんな何気ない仕草も、彼がするとやけに色気があるので困る。

「加賀さんのデザインは、本当にすごいです。はっきり自己主張をしているわけじゃないのに、一見しただけで加賀さんの仕事だってわかる存在感があります」

頬が熱くなるのを誤魔化すように早口で言う。

今回のコンペで、改めて弘樹のすごさを感じた。

だけど同業者として、ただ感動して尊敬して終わるつもりはない。

「あの日、同じ景色を見た加賀さんに見えていたものが、私の目には見えていなかったのは、ちょっと悔しいですけど」

そう付け足した莉子に、弘樹は自分の顎《あご》のラインを長い指で撫でる。

「それは俺の台詞《せりふ》だ。神田デザインさんの内装、曲線をうまく使ったデザインと優しい色味がよかったよ。『立ち寄る場所』って感じじゃなくて『帰りたくなる場所』って感じがして。ウチが勝てたのは、神田デザインさんの案の外観と内装のバランスが悪かったからだと思う」

「え？」

思いがけない言葉に莉子が目を瞬《またた》かせると、弘樹が確信に満ちた口調で言う。

「俺が思うに、内装は君、外観は他の誰かが担当したんじゃないかな？」

「……」

言い当てられたことに驚く顔を、弘樹は興味津々《きょうみしんしん》といった表情で覗き込む。

「俺の方こそ、君の目に世界がどんなふうに映っているか気になるよ」

無意識に莉子が背中を仰《の》け反《ぞ》らせると、弘樹はその分腰を屈《かが》めて距離を詰めてきた。

——近い……

遠慮のない距離の詰め方に戸惑ってしまう。

弘樹はそんな莉子の耳元に顔を寄せて囁《ささや》いた。

「特別な日にだけ行くことにしている店があって、そこに君を連れていきたいんだが、誘ってもいいかい？」

悪戯《いたずら》の共犯者を誘うような口調で、弘樹は世界的に名が知られている高級ホテル内のバーの名前を口にする。

その店の名前なら、莉子も知っていた。

件《くだん》のバーは、近代建築の巨匠として建築学の教科書にも載るような著名な建築家が手掛けた作品の一部を利用しており、当時のモダンなデザインを肌で感じることができるらしい。

莉子も以前からチャンスがあれば一度は訪れてみたいと思っている場所なので、心が揺れる。

しかし、高級ホテルのバーに、憧れの人と二人だけでというシチュエーションに躊躇《ちゅうちょ》してしまう。

なにより弘樹の瞳の奥に、雄《オス》としての情熱が揺らめいているように感じるのは気のせいだろうか。

恋愛経験が豊富なわけではないけど、そういった男女の機微《きび》を感じ取れるくらいには恋愛をしてきたつもりだ。そうは思うのだけど、彼ほどの男性が自分にそんな感情を寄せるはずもないので、きっとそれは錯覚なのだろう。

なんにせよ思いがけないシチュエーションに、行きたい気持ちはあっても腰が引けてしまう。

「えっと、今日はこの後ちょっと約束があって……」

しどろもどろになりながら、咄嗟《とっさ》に断りの言葉を口にする。

そんな莉子に、弘樹はニッと笑う。

「それは残念。じゃあ、他の日なら誘って構わないか？　俺としては、君ともっと色々な話がしてみたいんだが」

そう話す彼の表情は、逃げ腰になっている莉子の反応を楽しんでいるようにも見える。

逃げられると追いかけたくなるのは、生き物の本能なのだろうか。

だとしたら、追いかけられるとさらに逃げたくなってしまうのも、また生き物の本能だ。

「か……加賀さん、結婚されていますし、二人っきりというのは……」

どうにか絞り出した莉子の言葉に、弘樹は一瞬自分の左手に視線を落として、困ったように頭を搔く。

「妻の存在は、気にしなくていいよ」

どういう意味だろう。

――夫婦仲がうまくいっていないのかな？

もしくは彼の奥さんは、夫が同業者の女性と飲みに行くくらい気にしないのだろうか。

だとしたら、ホテルのバーに誘われたくらいで警戒心を働かせる莉子の方が考えすぎなのかもしれない。

あれこれ考えて黙り込む莉子の表情を見て、弘樹はいよいよ困ったという顔をした。

「悪い。変な意味じゃなくて、いつも君が美味《おい》しいって言っているチョコレートボンボンをそのバーでも扱っているから、上質な酒と一緒に味わう楽しさを教えたかっただけなんだ」

「へ……？」

思考が迷走しかけていたタイミングで告げられた不意打ちの台詞《せりふ》に、莉子は間の抜けた声を漏らす。

――チョコレートボンボン？

彼がなにを言っているのかわからない。

弘樹は戸惑う莉子の顔をまじまじと覗き込んだ後で「クッ」と喉を鳴らした。

そのまま口元を押さえてひとしきり笑った彼は、状況を呑み込めずにいる莉子に理由を説明してくれた。

「失礼。前に神田さんと仕事で一緒になった時に、そこのホテルで扱っているチョコレートボンボンを手土産《みやげ》にしたら、『事務所の女性社員がすごく気に入って、また食べたいって言っていた』と話していたから、それ以降、神田さんと会う時は必ずそれを手土産《みやげ》にすることにしていたんだが……」

「ああ……」

神田デザインの社員は十人。そのうち女性社員は莉子を含めて二人いるが、そこまで聞けば莉子にも状況が理解できた。

穏やかで人のいい神田は、尊敬できる建築家でもある。そんな彼の唯一の欠点を挙げるとすれば、無類の甘い物好きで、それに関してだけは少々遠慮がないことだろう。

「たぶん、所長が一人で食べていたんだと思います」

莉子の言葉に、弘樹も「だろうな」と同意してまた笑う。

「自分でも買えるだろうに、なんでそんな嘘をつくんだか」

弘樹が神田に渡していたチョコは、世界的にも有名な高級ホテルの名を背負うに相応《ふさわ》しい味とそれに見合った価格をしている。とはいえ、社員十人を抱えて収益を上げている神田が買えない品ではない。

弘樹は理解ができないと呆れているけど、莉子にはその理由がわかっている。

「所長曰《いわ》く『お菓子は、人にプレゼントされると美味《おい》しさが増す』そうです」

職場で莉子たちがおやつを食べていると、神田はよく物欲しそうな眼差しを向けてくる。その視線に負けてお菓子をおすそ分けすると、すごく美味《おい》しそうに食べるのだ。

莉子のその話に、弘樹は目尻に涙を浮かべて笑った。

「神田さん、建築家としても人としても尊敬できる人なのに、時々大人げないな」

「あ、でも所長からお菓子を貰うこともありますよ」

神田所長の名誉のため、そう付け加えておく。

普段は「美味《おい》しいものは分け合ってこそ美味《おい》しい」と話す神田が独り占めしていたということは、弘樹が手土産《みやげ》にしていたそのチョコはよほど美味《おい》しいのだろう。

そんなことを話して笑い合う。そこでふと、莉子はいつの間にか自分がかなりリラックスして話していることに気が付いた。

肩の力を抜いて改めて弘樹を見ると、その視線を受け止めた弘樹が表情を綻《ほころ》ばせる。

実年齢より若く見える彼の表情は、爽《さわ》やかな初夏の風を連想させる。

その自然な微笑みに、一人の男性としての温もりを感じた。

「……」

さっきまでとは違う熱が、莉子の頬を熱くする。

突然胸の奥から湧き上がってきた甘い熱を持て余していると、誰かが弘樹の名前を呼んだ。

声のした方に視線を向けた弘樹は、相手の顔を確認すると、表情を引き締めて軽く手を上げる。

どうやら、気の抜けない相手らしい。

「お引き止めして申し訳ありませんでした」

「こちらこそ、話せて楽しかった」

弘樹の表情の変化につられるように、莉子も表情を引き締めて頭を下げる。

神田の話題で、つい気さくに笑い合ってしまったけど、相手はこの業界の王子様なのだ。

かしこまった莉子の態度に、弘樹は少し残念そうに肩をすくめて言う。

「今度から、ちゃんと小日向さんの口にもチョコが届くようにしておくから、是非食べてみて。それでもし美味《おい》しいと思ったら、その時はまた飲みに誘わせてくれ」

そう言ってその場を離れていった弘樹だが、途中で思い出したようにこちらを振り返った。そして「君とゆっくり話してみたいのは本当だから」と付け足す。

その瞬間だけ、彼の表情は、さっきの爽《さわ》やかな初夏の風を連想させるものに戻っていた。

クルクル変わる彼の表情に、莉子の頬がまた熱くなる。

それに先ほどの会話から考えると、こちらが一方的に存在を認識しているだけだと思っていた弘樹が、以前から自分の存在を認識してくれていたということになる。

彼の見る景色に、自分が存在している。そんな些細《ささい》なことが、すごく嬉しい。

――コラッ！　既婚者相手に、舞い上がるなっ！

心の中でそう自分を叱咤《しった》しても、込み上げてくる熱を抑えることができない。

これ以上その熱が大きくならないよう、莉子は知人らしき相手と話す弘樹の左手の薬指に目を凝《こ》らした。

◇　◇　◇

「小日向君、ちょっといい？」

賀詞《がし》交換会で弘樹と言葉を交わした翌週、オフィスで仕事をしていた莉子は、自分の名前を呼ぶ声に顔を上げた。

視線を巡《めぐ》らせると、所長室から顔を覗かせた神田が手招きしている。

「はい。今行きます」

所長室に呼ばれる理由が思いつかないまま、莉子は席を立った。

特にミスをした覚えがなくとも、所長室に呼び出されるのは妙に緊張してしまう。

神田は無類の甘党ではあるが、細身でその分皺《しわ》が目立つ。そんな彼が自分のデスクで腕組みをして厳《いか》めしい顔をしていたらなおのことだ。

「これ」

腕組みを解いた神田が、入室した莉子に向かってデスクの上の箱を押し出す。

スマートフォンを二つ並べたくらいの大きさの箱は、黒地の包装紙に包まれ、金色のリボンでラッピングされている。包装紙に小さく印刷された有名ホテルの名前を見て、莉子はその箱の中身と送り主を察した。

「僕がチョコを横領していること、加賀君にチクッたでしょ」

莉子が察したタイミングを見計らって、神田がジロリと睨《にら》んでくる。

ただしその口調と睨《にら》み方で、それは彼流の冗談なのだとわかった。

「すみません。会話の流れで、そうなってしまって……」

その流れを詳しく話すと、彼に飲みに誘われたことにも触れなくてはならないので、曖昧《あいまい》に笑って誤魔化しておく。

神田は、ばつの悪そうな顔で言う。

「これからは、手土産《みやげ》を二箱用意するから、ちゃんと小日向君にも食べさせてやってくれと言われたよ」

だから遠慮なくどうぞと箱を押し出してくる神田は、それを手に取る莉子に「だからこれは、二人の秘密にしておこうね」と笑う。

どうやら神田はこれからも、自分の分のチョコは独り占めするつもりらしい。

「私まで、独り占めしてもいいんでしょうか？」

神田はともかく、自分まで貰っていいのだろうかと悩んでいると、その背中を押すように神田が言う。

「たぶん加賀君は、小日向君に食べてほしくて僕にチョコを預けているんだと思うよ」

「加賀さんが、どうして私に？」

戸惑いを隠せない莉子に、神田はこともなげに返す。

「ああそれは、君の言葉が加賀君を救ったことがあるからだよ」

「……えっ？」

まったく身に覚えのない話に、ただただ驚いてしまう。

話が呑み込めないでいる莉子に、神田は応接用のソファーに座るよう勧めると、自分もそちらに移動する。

ローテーブルを挟んで莉子と向き合った神田は、膝の上で両手を組み合わせて話し出した。

「半年くらい前にも、コンペでウチがＫＳデザインに競り負けたことがあったのを覚えているかな？」

「はい」

その言葉に、莉子は頷く。

半年前に開催された個人美術館の改装工事のコンペで、神田デザインはＫＳデザインに競り負けた。

長年茶道をたしなんだという館長の所蔵する品の多くは楽焼《らくや》きの茶碗。千利休《せんのりきゅう》の茶の心を受け継ぐそれらの茶器は、素朴な佇《たたず》まいで色彩的な絢爛《けんらん》さはないが、匠《たくみ》の腕を感じさせる存在感があった。

ＫＳデザインは、茶の道に通じる日本のわびさびを感じられるよう、敢えて余白のような空間を幾つも設《もう》けて、季節の花々や掛け軸を飾りやすい配慮がされていた。

それに対して雨宮のデザインは、地味な展示物を内装の華やかさで補ってやろうといった気負いがあり、かえって楽焼《らくや》きのよさを損なうものになっていたので、敗北は当然の結果といえる。

「あの時、雨宮君がかなりかなり荒れて、『ＫＳデザインの企画ばかり通るのは、社長が加賀設計の御曹司だからだ』『こんなできレースに参加するだけ無駄だ』って、帰ってきてから不満をまき散らしていたことを覚えているかい？」

「はい」

雨宮は、企画にかなりの自信を持っていたようで、他のスタッフの意見を受け入れることなくほぼ独断で企画を仕上げた。それが競り負けたことで、かなりプライドが傷付いたのだろうけど、彼は的外れな恨み言を延々と垂れ流していた。

雨宮の恨み言は偏見に満ちていて聞くに堪《た》えないものだった。

「あの時、小日向君が雨宮君に『本当に勝ちたいのなら、勝てなかった言い訳ばかりしてないで、勝てる方法を探せ』『加賀さんのプランには、いつもその努力を感じる』って叱咤《しった》したって話を加賀君にしたら、嬉しそうにしていたからね。そのお礼じゃないかな？　……もしくは、それで雨宮君を怒らせて、かなり八つ当たりをされていたことも話したから、気を遣ったのかもしれない」

「そこまで強くは言ってませんよ」

弘樹と何故そんな話題になったのかも気になるけど、まずはそこを訂正しておきたい。

神田の言葉ほどストレートではなかったが、作業の手を止めて延々と続く生産性のない雨宮の愚痴にうんざりして、やんわりとそんな意味のことを言ったのは事実だ。

だが、莉子の言葉が雨宮の心を動かすことはなく、逆に彼のプライドをいたく傷付けてしまい、それから、今日に至るまで彼にはひたすら強く当たられている。

「そうなるのがわかっていても、口を挟まずにいられなかったのは、小日向君の正義感だ。あの場の会話を加賀君が耳にすることはなくても、君は彼の名誉のために雨宮君に意見した。そのおこないに対するご褒美《ほうび》と思えばいいよ」

だから遠慮なくどうぞと、莉子にチョコを受け取るよう勧め、神田は話を続ける。

「小日向君の言うとおり、加賀君は努力家だ。でも加賀設計の御曹司という立場から、その努力を無視したやっかみや、悪意に晒《さら》されることが多い。だから、ちゃんと自分の仕事を見てくれている人がいて嬉しかったんだと思うよ」

「加賀さんの仕事を評価している人は、私の他にもたくさんいると思いますよ」

「そうだけど、彼は加賀設計の御曹司だ。利害関係を見越した賞賛も山ほど受けている。もちろんそれを鵜呑《うの》みにするほど、彼は愚かじゃないけど、駆け引きのない手放しの賞賛というのはなかなか本人の耳には届かないものだよ」

だからこそ、莉子の話を彼に聞かせたのだと話す神田は、その時の光景を思い出しているのか少し寂しそうに笑う。

後進の育成に尽力する神田にとっては、弘樹もまた気にかける若手であるようだ。

――これでお菓子に対して理性を保てたら、最高の上司なのに……

そんなことを思い、そっと嘆息した莉子は、ふと先ほど気になったことを聞く。

「そういえば、どうして私のことが話題になったんですか？」

莉子の質問に、神田は大事なことを思い出したといった感じで手を叩き合わせる。

「そうそう、加賀君が小日向君の視点を褒《ほ》めていたよ。神田さんのところには、柔軟な視点を持った子がいていいですねって褒《ほ》められて、それから君の話になったんだ。……彼も機会があれば小日向君と話したいと言っていたから、賀詞《がし》交換会では彼と色々話せたかい？」

「あっ！」

所長の言葉に、顔が熱くなる。

――そういったことは、もっと早く教えてほしかった。

彼が何度も自分を飲みに誘ってくれたのは、純粋に同業者として莉子と話をしたいと思ってくれてのことだったのだ。

――奥さんのことを気にしなくていいって言うはずだよ。

ついでに言えば、彼の瞳の奥に雄《オス》としての情熱を感じたような気がしたのも、完全に莉子の思い込みだ。

今さらながらに、警戒心剥《む》き出しの自分の行動が自意識過剰でしかなかったとわかり、恥ずかしくなる。

あれこれ思い出して赤面する莉子に、神田が視線で「どうだった」と問いかけてくる。

「えっと……加賀さんは忙しそうで、軽くご挨拶《あいさつ》した程度で、大したお話はできませんでした」

あの日、短い会話を交わした弘樹は、次から次へと人に話しかけられていた。

加賀設計の御曹司である彼に、誰もが敬意を払って接し、彼は威風堂々《いふうどうどう》たる姿でその相手をしていた。

そんな姿を見て、さっきまで気さくに言葉を交わしていた弘樹を急に遠い存在に感じてしまい、遠目にその姿を眺めて会は終わった。

「それは残念だったね」

そう返した神田は、なにかを思い出した様子で立ち上がり、デスクの引き出しを探る。そして、一枚のチラシを持って戻ってきた。

「もし加賀君の話に興味があるなら、これに参加してみてはどうだい？」

そう言って手渡されたのは、今週末開かれる弘樹の講演会のチラシだった。美人ファイナンシャルプランナーとしてテレビでも活躍する女性と弘樹の二人で、これからの男女共同参画社会における快適な暮らし方について対談形式の講演をおこなうらしい。

「これ……私が参加してもいいんですか？」

ざっと内容を確認した限り、就職活動前の学生に向けた講演会のようだ。

会場も近所の大学の講堂を使用している。

「年齢制限が書かれているわけじゃないし、小日向君、若いから問題ないでしょ。興味があるならとりあえず飛び込んでみて、駄目って言われたらその時に諦めればいいんじゃない」

こともなげに返した神田は、チラリと莉子の顔を見て続ける。

「小日向君、メイクや服装で誤魔化しているけどかなり童顔だから、学生に紛れても案外バレないと思うよ」

「……っ」

童顔というのは、莉子にとって触れてほしくない部分なのだけど、神田には見抜かれていたらしい。

だいぶ社会が変わってきているとはいえ、今でも打ち合わせなどの際、若い女性というだけで軽んじられることがある。そうしたことがないように、仕事の時はシックなパンツスーツと大人びたメイクを心がけているが、素顔はどちらかといえば童顔だ。

ついでに言うと、プライベートでは年相応の可愛い感じのファッションが好きなので、私服なら違和感なく学生に紛れることは可能かもしれない。

直接話すことはできなくても、彼の話を聞く機会は貴重だ。間違いなく勉強になる。

「ありがとうございます。行ってみます」

莉子がそう言うと神田は、それでいいと笑顔で頷いた。

これで話は終わったと腰を浮かせかけた神田に、莉子はついでとばかりに尋ねる。

「そういえば所長は、加賀さんの奥さんにお会いしたことはありますか？」

その質問に、神田は浮かしかけた腰をソファーに戻して首を横に振る。

「いや。噂で聞いたことがある程度だよ。本人はそういうプライベートなことを話さないタイプだからねぇ」

そう言いながら、神田が教えてくれたのは、これまで莉子が耳にしたことのある噂と似たような内容だった。

奥さんとはイギリス留学中に出会い、そのまま愛を育《はぐく》んだらしいこと。

相手も自国で建築関係の仕事をしていて国を離れることができないが、弘樹も加賀設計の後継者として日本を離れられない。

そのため、仕方なく別居生活を送っているのだとか。

または、弘樹の祖父である加賀設計の現社長が、この結婚を快《こころよ》く思っていないため、入籍できないのだとか噂は色々あるらしい。

――だから、私が奥さんについて質問した時、加賀さんの反応が微妙だったのかな？

「まあ、どれも噂の域を出ない話だから、真相は加賀君に聞かないとわからないけど」

自分が耳にしたことのある噂話を教えてくれた神田は、最後にそう言って話を締めくくる。

賀詞《がし》交換会の日、見目麗《うるわ》しい女性が「加賀さんを食事に誘ったのに、さりげなく指輪を見せられて、断られた」と嘆いていた。

嘆いているのはなにもその女性一人に限ったことではなく、多くの女性が、妻がいることを理由に誘いを断られているようだった。

神田によると同業者の間でも、彼の愛妻家ぶりは有名らしく、浮いた噂を聞かないのだとか。

ということは本人に確認するまでもなく、弘樹にパートナーがいるのは確かだ。

そんな彼が二度も自分を誘ってきた理由は、やっぱり仕事の話がしたかったからなのだと、ようやく莉子は納得する。

やっぱり彼に雄《オス》の顔を感じたのは莉子の勘違いだったのだ。……そもそも、愛妻家の彼に、そんな印象を持つこと自体おこがましい。

「どんなことでも、チャンスに恵まれた時は、とりあえずチャレンジしてみることだよ」

神田が言っているのは、もちろん講演会のことだ。

でも先日のことを思い出していた莉子は、変に身構えたことで、損をしたねと言われた気分になる。

「これからはそうします」

もしも、もう一度そんな機会があったなら、今度こそそのチャンスを掴んで、是非とも彼から色々学ばせてもらおうと決意する。

莉子は一礼して立ち上がると、所長室を後にした。

2　誘惑は蜜の味

週末、弘樹は親会社である加賀設計を通して依頼された講演会のため、都内の大学を訪れていた。

「加賀さん、どうかされましたか？」

講演の対談相手であるファイナンシャルプランナーの女性が、怪訝《けげん》な表情で声をかけてきた。

大学のカフェコーナーで進行の最終確認をしている途中で、ふと頭を上げた弘樹がそのまま動きを止めたのが気になったらしい。

弘樹は、小さな丸テーブルを挟んで向かい合う女性に視線を戻して笑みを零す。

「あ、いや……」

今日の講演会は学生が対象なので、ここに彼女がいるはずない。

それなのに会場に向かう人の流れの中に、神田デザインの小日向莉子の姿を見た気がしたのはどうしたことか。

――飲みに誘って断られたことが、意外にショックだったのか？

思春期の少年でもあるまいし、いい年をした男がそれくらいのことで傷付くわけがない。なのに、そんなふうに思ってしまう自分につい笑ってしまう。

「なんだか、楽しそうですね」

そう言って微笑む女性は、綺麗なネイルで彩《いろど》られた指で、頬にかかる髪を耳にかける。そのまま上目遣いでこちらへ視線を向けてきた。

自分を誘う眼差しには気付かないフリをして、左手で顎《あご》のラインを撫でる。

さりげなく左手の指輪を見せても、相手の表情に動じる様子はない。それどころか、姿なき存在に対抗心を燃やしているのが伝わってくる。

「面白い話なら、是非私にも聞かせていただきたいわ。今日の講演会が終わったら、二人だけで打ち上げでもどうかしら？」

女性の視線には、自分の誘いが断られるはずがないという自信が見え隠れしている。

——面倒くさい……

弘樹は内心嘆息しつつ、素知らぬ顔で返す。

「すみませんが、今日はこの後、大事な約束があるので」

もちろん、まったくの嘘である。

だが、そう言って愛おしげに指輪に視線を落とせば、相手は弘樹の言う約束の相手が妻だと思うだろう。

「そう……」

「またの機会に誘ってください」

つまらなそうな顔をする女性に、社交辞令としてそう返しておく。

いつも女性からの誘いをこうして断っているので、周囲は弘樹を愛妻家だと思っているが、それは大きな誤りである。

なにせ弘樹は、内縁の妻どころか恋人もいない、正真正銘の独り身なのだから。

その証拠に、鈍い光沢を放つ左手の指輪の内側にはなんの刻印もされていない。

「そろそろ会場に移動しましょうか」

そう言って席を立った弘樹は、椅子の背に添えた自分の左手に視線を落とし、これをつけるに至った記憶を探る。

自惚《うぬぼ》れではなく、容姿端麗で加賀設計の御曹司として生まれた自分は、昔からかなり女性にモテた。

それをいいことにそれなりに遊んでいた時期もあるが、加賀設計の後継者として、ＫＳデザインを任されるようになった今、無駄に華やかすぎる自分の容姿は正直煩《わずら》わしい。

特に仕事関係の女性から、仕事に絡めた誘い方をされると、心底対応に困る。

今から数年前、大学時代の先輩に飲みの席でそんなことを零したところ、「独身だから、そんな面倒なことになるんだ。さっさと結婚しろ」と軽く説教されたことがあった。

既婚者であり愛妻家で知られる先輩に言わせると、そうした男と女の駆け引きの煩《わずら》わしさなど、結婚すれば「妻に悪いので」の一言で片付けられるのだという。

正直に言えば、これまでの男女関係における弘樹の認識は、深入りすることなくその場限りの戯《たわむ》れを楽しむもので、恋愛や結婚など真剣に考えたことはなかった。なにより加賀設計の後継者として、学ぶべきことがたくさんある中、恋愛などに時間を費やしている余裕はない。

とはいえ先輩の言葉に思うところもあり、友人の結婚式に出席する際、試しに結婚指輪に見える指輪を左手の薬指に嵌《は》めて出席してみたところ効果は覿面《てきめん》だった。

誘ってくる女性が格段に減った上に、声をかけてくる女性も、特別な相手がいるように振る舞うと、それ以上しつこくしてくることはなかった。

それに気をよくして指輪をつけ続けた結果、いつの間にか自分は、既婚者で愛妻家ということになっていた。

放っておいたら噂はどこまでも一人歩きをして、最近では、仕事第一主義の弘樹がそこまで惚れ込む女性はきっと同業者に違いないとか、出会いはイギリス留学中だとか、妙にリアルなディテールが付け加えられているらしい。

そのたくましい想像力には笑うしかないが、自分にとってはメリットの方が大きかったので、噂を否定はしなかった。

そしてそのまま、愛妻家の既婚者として振る舞っている。自分の結婚話など寝耳に水だった家族たち、とりわけ祖父の加賀秀幸《ひでゆき》にはかなり渋い顔をされているが知ったことではない。

講堂へ向かいながら過去を振り返っていた弘樹は、ふと一人の女性の顔を思い出す。

――小日向莉子。

若い頃から尊敬していた神田の下で働く彼女の存在は、神田デザインの手掛けるデザインに変化が生まれたことでなんとなく意識するようになった。

柔らかい色使いと、曲線をうまく活かしたデザインを得意とする才能ある若手がどんな人なのかと興味を持った。

関心があれば突き詰める性分の弘樹は、神田にあれこれ質問して、彼女の人柄を知ったことで、より一層小日向莉子という存在を知りたくなった。

コンペ会場でその姿を探すだけでなく、適当な理由をつけて神田デザインが担当している現場を覗きに行ったこともある。

遠目に見る彼女はいつも動きやすいパンツスーツで、キビキビと動き回っていた。アクセサリーはつけず、メイクに媚《こ》びたところのない彼女を、可愛げがないと言っている人もいるようだが、弘樹の目には、周囲を警戒して毛を逆立てる猫のように映った。常に神経を尖らせているその姿に、いつか壊れてしまうのではないかと心配になった。

神田の下にいれば、彼がうまくフォローしてくれるだろう。それでもつい気になって、偶然、現地視察で遭遇した彼女を飲みに誘ったのだが、指輪が邪魔をして逃げられてしまった。

それでも未練がましく、彼女を駅まで送る道すがら言葉を交わしたことで、彼女への興味が一気に増した。

月灯りの下、軽やかな足取りで身を翻《ひるがえ》した彼女は、自分のことを普通の人だと言ってくれた。

加賀設計の御曹司として常に特別扱いされ、周囲から距離を取られるか、媚《こ》びへつらわれることに慣れていた弘樹にとって、それは新鮮な驚きだった。

しかも彼女は、自分に向かって「それなら、努力すれば私も、いつか加賀さんに追いつけるってことですよね」と、微笑みかけてくれた。

これまで、なんらかの恩恵を求めて近付いてくる女性は多く見てきたが、彼女のように見返りを求めることなく、努力して自分を追いかけると言ってくれた女性は初めてだった。

だから性懲《しょうこ》りもなく、再度誘ってみたのだが、あえなく玉砕した。

あっさり断られたのは残念だが、あたふたした表情で自分の誘いを断る莉子の姿を思い出し、弘樹はクスリと笑う。

「……」

指輪をつけているのを煩《わずら》わしく思ったのは、これが初めてだ。

面倒を避けるために同業者の前では既婚者のフリを続けてきたのに、気付けば彼女に「妻の存在は、気にしなくていい」とまで言ってしまっていた。自分でも不思議ではあるが、気になるのだから仕方ない。

興味を持ったことに自分はかなりしつこい性格をしているので、またタイミングを見て彼女との距離を詰めるとしよう。

加賀設計の後継者として、同業者との面倒は極力避けるつもりでいるが、それは自分の欲求を抑えてまで守るものではない。

次はどうやって彼女を誘おうかと考えながら、弘樹は思考を仕事モードに切り替えていくのだった。

◇　◇　◇

弘樹の講演会に参加した日の夜、莉子はおっかなびっくりといった感じで、老舗《しにせ》ホテルのラウンジの前に立っていた。

弘樹の講演会は大変勉強になった。

感動したといってもいいくらいの刺激を貰った莉子は、講演会終了後、そのまま帰ってしまう気にならなくて、講演会で彼が話題に挙げていた建築物を数軒回ってみたのだ。

その中には、以前から知っていた建物も含まれていたけど、彼の所見を踏まえて観察すると、違う発見があった。

そうやってあちこち見て回っていると、講演を聴いた直後の興奮は、冷めるどころか増していくばかりだ。

湧き上がる高揚感に背中を押されて、以前彼に誘われたホテルのバーの前まで来てしまったわけだが、いざ店の前に立つと、その格式の高さに腰が引けてしまう。

しかも今日の自分は、学生対象の講演会に紛れ込むため、丈《たけ》の短い白のセーターにくすみブルーのプリーツスカートを合わせて、明るい色のメイクをしていた。

仕事中は低い位置で一纏《まと》めにしている髪も、今日は下ろして毛先をカールさせている。

若作りとまではいかないけど、見るからに大人の社交場といった趣《おもむき》のバーに適した装《よそお》いとは思えない。

「……やっぱり、今度にしよう」

着ているセーターの裾《すそ》を引っぱって、自分の姿を確認した莉子は、ドアを開ける勇気が持てず踵《きびす》を返す。

その瞬間、人とぶつかりそうになった。

いつの間にか、莉子の背後に人が立っていたらしい。

振り向くと視界いっぱいに、洒落たネクタイを締めた男性の胸元が飛び込んできて、相手の背の高さに驚く。

「すみませ……ッ！」

目の前で突然振り返ってしまったことを詫びて、相手を見上げた莉子は、そこで息を呑んだ。

どうして彼がここに……そんな思いで目をパチクリさせる。そんな莉子を見下ろす弘樹も、驚いた顔をしていた。

「か……加賀さ……」

莉子は戸惑うあまり、うまく言葉を発することができない。弘樹は一度視線を巡《めぐ》らせてから、微《かす》かに首をかしげて聞いてきた。

「もしかして、俺の講演会に来てた？」

「──っ！」

言い当てられて、グッと息を呑む。

後ろの方で隠れるようにして聞いていたのに、どうして気付かれたのかわからない。

──学生に紛れてなにをしているのだと呆れられたかも……

莉子は恥ずかしさから視線を落として小さく頷く。

「……はい。ごめんなさい」

気まずさから謝罪の言葉を口にする莉子の髪に、弘樹の優しい吐息が触れる。

「ここで君に会えるとは思わなかったよ」

頭上から降ってくる柔らかな声に顔を上げると、彼が困ったように髪を掻く。

「どうした？　入らないのか？」

弘樹は軽く腰を屈《かが》めて、あれこれ考え忙《せわ》しなく表情を変える莉子の顔を覗き込んでくる。

どちらかがあと一歩踏み出せば唇が触れそうな距離に、莉子は慌てて背中を反《そ》らした。

「あ、あの……ちょっとやっぱり私には敷居が高いので、帰ろうかなと……」

そんなことを話す間も、弘樹は莉子が距離を開けた分、距離を詰めてくる。

――ち、近い……

神田が、弘樹はイギリス留学をしていたと言っていた。彼のこの距離の近さは、海外経験からくるものなのだろうか。

彼にとっては普通かもしれないけど、莉子としては対応に困る。

近付かれた分さらに距離を取るため背中を反《そ》らしたことで、重心が後ろに傾きすぎてグラリと体が揺れる。

「あ……ッ」

「危ない」

莉子が小さな悲鳴を上げるのと同時に、弘樹が素早く動いた。

「――きゃっ！」

弘樹は後ろ向きにバランスを崩した莉子の腰に右腕を回し、左手で空《くう》を切る莉子の手を掴んで引き寄せる。

勢いよく引き寄せられた反動で、莉子は彼の胸に顔を埋《うず》める形になってしまった。

「……っ」

そのおかげで後ろにひっくり返る惨劇は避けられたけれど、これはこれで辛い。

「なにか急用でも？」

息を止めて硬直していると、弘樹はそのままの姿勢で語りかけてくる。

莉子は無言のままブンブンと首を横に振った。

息を止めて唇を引き結んでいる莉子に気付いた弘樹は、そっと表情を綻《ほころ》ばせて腰を支えていた腕を離してくれる。

でも手首を掴んでいた手はそのままにして歩き出すので、自然と莉子も歩く形になる。

「え……あの……」

戸惑う声を上げる莉子を振り返り、弘樹が言う。

「用がないなら、一杯くらい付き合ってくれ」

おごるよ、と軽い口調で誘う弘樹は、莉子の返事を待つことなく再び手を引いた。

「でも私、こんな格好だし」

大学生を意識した今日のような服装だと、もとが童顔な顔立ちということもあって学生に交ざっても違和感がない分、こういったシックな場所では逆に浮いてしまう気がする。

悲鳴交じりの莉子の声に、弘樹はやっと足を止めて振り返った。

そして莉子の全身にさっと視線を走らせると、屈託《くったく》のない笑みを浮かべて言う。

「可愛いよ。講演会場に向かう人混みの中でも、すぐに目がいった」

「――――っ！」

まさか本当に、彼が自分の存在に気付いているとは思わなかった。

普段の自分を知られているだけに、今の自分の姿が彼の目にどう映っているか気になってしまう。

「す、すみません」

「すみませんって、さっきから君は、なにを謝っているんだ？」

恥ずかしさで目を潤《うる》ませる莉子に、弘樹は首をかしげる。

「いい年して、学生に紛れ込んだりして……」

「別に今日の講演会は、学生だけを対象にしていたわけじゃないだろ」

砕けた口調で返す弘樹は、「それに小日向さんは、違和感なく馴染んでたよ」と付け足す。

彼は莉子の緊張を解くつもりだったのだろうけど、そんなふうに言われると、ますます普段の自分とはかけ離れた今の格好が恥ずかしくなる。

「普段は女を捨てたような格好をしてるくせに、私服はこんな感じなのも、なんていうかすみません……」

なにをどう言葉にすればいいかわからず、そう口走ると、彼はいよいよ理解できないといった顔をする。

「それこそ、謝ることじゃないだろう。性別は捨てたりするものじゃないし、人は多面的な生き物なんだから、色々な顔があって当たり前だ。それが人の魅力に繋がっている。仕事を頑張っている普段のスーツ姿も、今日の可愛いファッションも、どちらも君の本当の姿だろう？」

軽やかな口調でそう言って、弘樹は莉子に微笑んだ。

「……」

その何気ない一言を聞いた莉子の心に、爽《さわ》やかな風が吹いた気がした。

一人の人間としての彼と、もっと話してみたいという衝動が大きくなっていく。

チラリと視線を向ければ、今日も彼の左手の薬指には鈍い輝きの指輪が見えるけど、先日もう一度こんな機会があったら、今度こそそのチャンスを掴もうと決意したのも事実。

――ごめんなさい。ただお話をするだけです。

心の中で弘樹の妻にそう詫びて、莉子は手を引かれるままバーに入った。


バーの中は、完璧の一言に尽きた。

アールデコのフロアランプに照らされた内装は、現代に古き良き時代を縫《ぬ》い止めているような趣《おもむき》があった。

歴史を感じさせるクラシカルなバーのカウンターに腰掛け、上質な酒を味わう弘樹の姿は、写真に撮って永久保存できたらいいのにと思うほど完璧で美しい。

「講演会にはどうして？」

一杯目のカクテルを半分ほど飲んだタイミングで、弘樹が思い出したように聞いてくる。

「加賀さんがどんな話をされるのか、興味があったからです」

講演会のことは所長に教えてもらい、学生対象と知りつつも紛れ込んだことを、彼の話がとても勉強になったという感想を交えて話す莉子に、弘樹が屈託《くったく》なく笑う。

「なんだ、俺の話に興味があるなら、普通に声をかけてくれればよかったのに」

この前だって飲みに誘ったじゃないかと弘樹は言うが、莉子としてはそういうわけにはいかない。

「加賀さんの話を聞きたいと思っている学生さんがたくさんいるのに、そんなズルはできないですよ」

真面目に返す莉子の言葉に、弘樹が「君はもう学生じゃないだろう」と笑う。

「少しもズルくないさ。君は俺に聞きたいことを直接聞けるだけの努力を、これまでちゃんとしてきたんだから」

「そんな、まだまだ勉強中です」

そんなのおこがましいと、慌てる莉子に弘樹が言う。

「正しい努力は、正しく評価されるべきだ」

優しくそう諭《さと》す彼に、気恥ずかしさと嬉しさが交差する。

それをどう言葉にすればいいかわからず、莉子が黙ってグラスに口をつけると、弘樹も自分の酒を飲む。

そうやってゆっくりアルコールを味わいながら、ぽつりぽつりと他愛ない世間話をする。莉子がカクテルを飲み終わるタイミングで、弘樹が思い出したように口を開いた。

「そういえば、チョコは今度こそ小日向さんの口に届いた？」

言われるまですっかり忘れていた莉子は、慌ててお礼を口にする。

「お礼を言うのが遅くなってすみませんっ！　チョコ、ありがとうございました。すごく美味《おい》しかったです」

「気に入ってもらえてよかった」

弘樹は軽く指を動かしてバーテンダーに合図を送る。そして自分のためにブランデーと、莉子のためにチョコレートボンボンと新しいカクテルを注文した。

皿に品良く盛られたチョコレートボンボンと、グラスの底に緑のドレンチェリーが沈んだ桜色のカクテルが莉子の前に並べて置かれる。

ブランデーグラスを口に運びながら、弘樹が視線でどうぞ召し上がれと莉子を促《うなが》す。

「チョコを一口齧《かじ》ってから、カクテルを飲んでごらん」

彼にペコリと頭を下げた莉子は、言われたとおりチョコを一つ齧《かじ》って、カクテルに口をつける。

するとビターなチョコと、ライムや桃のリキュールを使用したカクテルの上品な甘さが舌の上で絡み合う。

確かにこの絶妙なハーモニーは、この店でしか体験できないものだ。

「――――っ！」

「気に入ったようでよかったよ」

莉子の表情で感想を読み取り、弘樹が嬉しそうにグラスを口に運ぶ。

彼の洗練された所作に、ついチョコとカクテルの美味《おい》しさにはしゃいでしまった自分を恥ずかしく思う。

しかも今いる場所が、格調高い老舗《しにせ》ホテルのバーラウンジならなおのことだ。

「大人げなくはしゃいで、すみません」

莉子は、小さく咳払いして背筋を伸ばした。

カウンターに右肘を預けて頬杖をついた弘樹は、左手でグラスを揺らして言う。

「澄ました顔でいられるより、素直に喜んでもらえた方が嬉しいよ。どうして君は、自分の感性を窮屈《きゅうくつ》な箱に閉じ込めたがる？　そんなの勿体《もったい》ないだろ？」

「勿体《もったい》ない……ですか？」

小さく頷いた弘樹は、琥珀《こはく》色の液体を口に入れ、味わうようにそっと目を細めた。

美味《おい》しいものを美味《おい》しいと、素直に表情に出しているのは同じなのに、そこに莉子にはない色気が漂《ただよ》うのは、年齢の違いだけではない気がする。

「さっきも言ったが、性別は捨てたり拾ったりするものじゃないし、自分の素直な感性は、恥じたりせずに大事にすべきだ」

その言葉に、莉子は目をパチクリさせる。

弘樹がどうかしたかと視線で問いかけてくるので、莉子は思ったことをそのまま言葉にした。

「でもこの仕事をしていると、年齢とか性別で軽んじられることがあるじゃないですか。私はもとが童顔だから、仕事を始めた頃は特に学生のバイトと間違えられたりして、現場の人からまともに話を聞いてもらえないことが多くて……」

弘樹は、莉子の言葉に静かに耳を傾けながらグラスを揺らす。

しばしグラスの中の琥珀《こはく》色の液体に視線を向けて、なにか考えていた彼は、莉子に視線を戻した。

「確かに、未だに若い女性に対してそういった態度を取る人はいる。小日向さんは、そういう人の態度を正しいと思っているかな？」

「いいえ」

莉子は、きっぱりと首を横に振る。

その表情を確認した弘樹は、それでいいのだと頷いた。

「正しくないと思っているなら、間違った意見に無理して合わせる必要はない。それに、君を軽んじた奴らは、若い女性という視点でものを見ることはできないんだから、いっそ『ざまあみろ』くらいの感覚でいればいいんだよ」

グラスを揺らして、弘樹は強気な笑みを浮かべる。どうやら莉子に、その表情を真似ろと言っているらしい。

「そんなの、なんのメリットがあるんですか？」

これまでの悔しい体験を思い出し複雑な顔をする莉子に、弘樹は信じられないとでも言いたげな表情を見せる。

「メリットしかないだろう。住宅デザインは、たいてい奥さんの方が発言力を持っているし、テナント設計だって、女性をターゲットにしていることが多い。クライアントや顧客の求めるものを同じ視線で提案できる君の感性は強みだろ？」

「あ……」

弘樹の言葉に、これまで自分が見ていた世界が反転したような錯覚を覚えた。

「俺は君のデザインが好きだよ。柔らかな色使いや曲線は、男の俺には描けない世界だ。せっかく女性に生まれたのだから、君はもっとそれを自分の武器として表に出すべきだ」

雨宮の嫌味や、商談相手の反応を気にするあまり、いつの間にか女性らしさを隠すのが当たり前になっていた。けれど、弘樹は真逆のことを言う。

「誰かに背中を押してほしいなら、俺が『そのままで大丈夫だ』って君の背中を押してやるから、もっと自分を信じろ」

ずっと憧れていた人の言葉は、強がって幾重にもバリケードで覆《おお》っていた莉子の心に、不思議なほど柔らかく届いた。

弘樹は、これまでの自分の努力をちゃんとわかってくれている。それに気付いた途端、莉子の視界がぼやけた。

「……あ、えっと……あの、ありがとうございます」

ふっと肩の力が抜けるのを感じて、莉子は潤《うる》んだ目をさりげなく拭ってお礼を言う。

「お礼を言うのは、俺の方だよ」

「え？」

驚く莉子に、弘樹は照れくさそうにブランデーを飲みながら言う。

「俺も人間だ。加賀設計の後継者として生きていれば、外野の声に疲れることもある。そんな時に神田さんから、君が俺を正しく評価してくれているって聞いて、随分救われたよ」

所長室で話した時、神田が「駆け引きのない手放しの賞賛というのはなかなか本人の耳には届かないものだよ」と話していたことを思い出す。

「ありがとう」

改めてお礼の言葉を口にする弘樹に、莉子の胸がトクンと音を立てる。

「今日、加賀さんに誘ってもらえてよかったです」

彼の誘いを断っていたら、自分はこの味にも彼の言葉にも、出会うことはなかったのだ。

莉子の言葉に、弘樹は優しく目を細める。

そんな彼の顔を横目で窺いつつカクテルを口に運ぶと、さっきより甘く感じるのは何故だろう。

「俺も、君を誘うことができて嬉しいよ」

弘樹は優しく笑ってブランデーを口にする。

二人の時間を楽しんでいるとわかる彼の横顔に、つい見惚れてしまう。莉子の視線に気付いた弘樹と目が合い、慌てて視線を逸らしてカクテルを飲んだ。

気持ちを落ち着けたくてグラスを傾けているのに、余計に顔が火照《ほて》り、鼓動が加速していく。

きっとその変化は、アルコールのせいだけではないだろう。

加賀弘樹という存在が、莉子を酔わせている。

ふわふわした感情を持て余しつつ、二人であれこれ話していると、自然と好きな建築家の話になった。

好みの建築家に違いはあれど、建築物には良くも悪くも設計した人の人となりが反映されているというのは共通の意見だった。

「私、加賀さんのデザインが好きで、これを設計した人はどんな人なのかなって想像してきました。落ち着いているのにところどころに悪戯《いたずら》心も感じられて、きっと格好いい大人の人でモテるんだろうな、とか、でも子供の頃は、入っちゃいけない場所とかに忍び込んで秘密基地とか作っちゃう悪ガキだったんだろうな、とか想像してました」

莉子は、心地いい酩酊《めいてい》感に任せて素直な感想を口にしていた。

弘樹はニヤリと笑って、莉子の言葉を肯定する。

「なるほど、君の目に俺はそんなふうに映っているんだな」

面白そうに目を細めた弘樹に、莉子はハッと息を呑む。

酔っ払って、つい話しすぎてしまった。

莉子が慌ててチョコを口に入れて誤魔化すと、弘樹がクスクスと笑う。

その表情がやけに色っぽくて困る。

莉子がカクテルを口に運ぶと、弘樹もそれを真似るようにグラスを傾ける。

静かにそれを味わった弘樹が、「俺たちは、出会う前からお互いを見ていたんだろうな」と呟いた。

「え？」

「もちろんコンペで顔を合わせたことはあるけど、ちゃんと話すのはこれが初めてだ。なのに不思議なくらい君が隣にいることにしっくりきている。それは、神田さんから君の話を聞いたり、デザインを通してその人となりを想像したりしてきたからなんだろうな」

「……そうですね」

最初こそかなり緊張したけど、すぐにこうやって打ち解けた会話ができるのは、弘樹が言うように、デザインを通してずっと相手を想像していたからだ。

だからこそ、どうしようもなく彼に惹かれてしまう。

「やばいな」

弘樹がポツリと呟いた。

視線を向けると、弘樹は長い指で自分の髪を掻き上げて苦く笑う。

「飲んで話すだけで満足するつもりでいたが、君を帰したくなくなってきた」

自分の心を読んだかのような弘樹の言葉に、莉子は息を呑んだ。

その戸惑いの隙を突くみたいに、弘樹は莉子を視線で誘う。

「……っ」

あまりに直接的な口説き方に赤面してしまう。

そんな莉子を見て、弘樹は片方だけの口角を持ち上げ強気な笑みを浮かべた。

「ストレートな言い方で悪いな。遠回しに口説くのはガラじゃないし、自分の感情に嘘をつけるほど器用でもない」

我《が》の強さを隠さない彼の目を見ていると、その存在に魅了され、視線を逸らせなくなってしまう。

莉子の気持ちを測るように、弘樹が少しだけこちらへ手を近付ける。

――もし、この手を取ったらどうなるのだろうか……

経験豊富ではないが、莉子だって成人した大人の女性だ。だから彼の手を取れば、どうなるかはわかる。

これまで弘樹は、あくまでも紳士的に会話を楽しみ、莉子とも一定の距離を保ってくれていた。

だけどもしここで莉子が反応を示せば、きっと彼は一気に距離を詰めてくるだろう。

相手は既婚者で同業者、好きになっても辛くなるだけ。

この手を取るのは危険だ。

「酔ってしまったので、これを飲んだら帰ります……」

これ以上彼と一緒にいると、自分の気持ちが引き返せないところまで落ちてしまう。

そう思った莉子は、湧き上がる感情は酔いのせいだと自分に言い聞かせ、勢いよく残りのカクテルを飲み干すと、カウンターに手をついて立ち上がろうとした。

けれどその手に、弘樹の手が重なる。

莉子が動かなければ越えてくることはないと思っていた一線を、弘樹が一気に越えてきたことに驚く。

その表情を見れば、彼が一人の男として自分を誘っているのだとわかる。

「もう少し一緒にいたいと言ったら迷惑か？」

自分の手を包み込む彼の手の大きさに身を固くしている莉子に、弘樹が甘く囁《ささや》く。

その言い方は、正直ズルい。

「……」

彼ほどの男に誘われて、迷惑だと返せる女性はそういない。

まして莉子は、どうしようもなく弘樹に惹かれているのだからなおのこと。

アルコールで鈍った脳は本能に忠実で、一夜の遊びでもいいから彼に抱かれたいという淫《みだ》らな欲望に従いたくなってしまう。

だけど……

重ねられた彼の左手に視線を落とした莉子は、咄嗟《とっさ》に手を引き抜こうとした。その動きを察した弘樹が、それを阻《はば》む。

同時に、莉子の視線が捉《とら》えているものに気付いて苦笑する。

「言っておくが、俺は独身だ」

「え？」

思いがけない言葉に、莉子は動きを止めて目を瞬《またた》かせた。

弘樹は重ねていた手で莉子の手首を掴むと、彼女の耳元に顔を寄せて告げる。

「面倒な誘いを断るために指輪をしているだけで、俺には妻も恋人もいない。自分から既婚と公言したこともない。ただ周囲がそう錯覚するように振る舞ってきただけだ」

「……っ」

思いがけない言葉に、莉子は驚いて彼の表情を窺う。

確かに、左手の指輪や周囲の噂から彼が既婚者だと判断していただけで、その証拠はどこにもない。神田も、彼の奥さんを見たことがないと話していた。

弘樹は軽く肩をすくめ、「これを打ち明けたのは、君が初めてだ」と付け足す。

それは、彼にとって自分がそれだけ特別ということだろうか……

好意を持つ人に「君は特別だ」と囁《ささや》かれる――その状況は、媚薬《びやく》のように危険な魅力を放つ。

彼の特別になりたいと胸が高鳴るのと同時に、大人のズルさを知る頭は、冷静に彼が嘘をついているだけかもしれないと警鐘《けいしょう》を鳴らす。

面倒な誘いを断るために既婚者のフリをする。普通なら自惚《うぬぼ》れとしか思えない台詞《せりふ》だけど、弘樹ほどの男が口にすると腑《ふ》に落ちるものがあった。

同時に、彼ほどの男性に妻も恋人もいないということが信じられなくもある。

「これを打ち明けたのは、君が初めてだ」という台詞《せりふ》だって、一夜の遊びを楽しむための常套句《じょうとうく》という可能性もある。

「……」

彼の言葉のどこに正解があるかわからず忙《せわ》しなく思考を巡《めぐ》らせていると、不意に自分の手首を掴む彼の手が緩んだ。

完全に手を離したわけではないけど、力が緩んだことで振り払おうと思えば振り払うことができる。そんな微妙な力加減で莉子の手首を掴んだ弘樹は言葉を続ける。

「ずっと守ってきた秘密を打ち明けてしまうくらい、俺は君に惹かれている。……だけどそれが君の迷惑になるなら、もう誘ったりはしない」

眉尻を下げて表情で謝る弘樹だが、手首を解放する気配はない。

莉子に選択権を与えながら、自分を受け入れてほしいと訴えかけてくる。

それは彼が莉子に見せる弱さだ。

人は多面的な生き物だから色々な顔があって当たり前で、それが人の魅力に繋がっていると言っていたが、今彼が見せている表情がまさにそれだ。

仕事で顔を合わせるだけでは見ることのない、憂《うれ》いと艶《つや》の両方を兼ね備えた男の表情に、彼を求める思いが加速していく。

「……」

もし今この手を振り解けば、彼はその選択を受け入れて、莉子との関係を適切な距離に戻すだろう。

別に彼は本気で莉子に恋い焦がれているわけじゃない。

気まぐれに口説いた莉子を逃したところで、また他の女性を口説くだけだ。

そして莉子の知らないその誰かが、彼の腕に甘えるのだろう。

これからも仕事で顔を合わせる相手なのだから、その方がいいと頭ではわかっている。

だけど心がその選択を拒《こば》む。

他の女性に触れてほしくないし、自分の知らない彼をもっと知りたい。それが叶うのであれば、遊ばれてもいいとさえ思ってしまう。

だからこの手を振り解くことができない。

いつの間にか、それくらい自分は彼に魅了されている。

「一晩だけ」

これ以上彼に溺《おぼ》れてしまわないように、そう予防線を張る。

「一晩だけ？」

弘樹が、莉子の言葉をそのままなぞると、彼女は小さく頷いた。

今後も、彼とは仕事で顔を合わせることになる。その時、彼との心の温度差に傷付きたくない。だったら、最初から一夜の関係と割り切った方がまだマシだ。

「ちょっと酔いすぎて、帰りたくない気分だから。今夜だけ一緒にいてください……」

この選択をアルコールのせいにして、莉子は自分の額を彼の胸に寄せた。

自分の胸に甘える莉子の髪をそっと撫でて、弘樹は「俺を求めてくれるのは今夜だけなのか？」と聞いてくる。

その声がひどく切なげに感じられるのは、莉子の都合のいい妄想だろう。

――加賀さんは、今後の面倒を避けるために確認しているだけ。

「それ以上は、お互い面倒になるだけです」

下手な夢を持たないよう、自分自身に言い聞かせる。

莉子のその言葉に弘樹が深いため息を漏らしたが、彼女にはそれが意味するものがわからなかった。

◇　◇　◇

バーを出て一度ロビーまで降りた弘樹は、そのホテルの部屋を取ってくれた。

彼に案内されて入った部屋は、出張で莉子が利用するビジネスホテルとはまったく異なるラグジュアリーな空間だった。

生花が生けられている玄関スペースを抜けた先にあるのは、広いリビングで、窓の外には街灯に浮かび上がる公園の木々が見え、その向こうに都心の煌《きら》めきが見える。

適度に整えられた空調の中、微《かす》かに花の香りがするリビングで深く息を吸うと、肺の奥まで甘い空気に満たされていく。

「綺麗ですね」

腕にかけていたコートを手近な椅子の背に預けた莉子は、部屋を満たす甘い空気に導かれるように窓辺に歩み寄り、遠くの夜景に目を凝《こ》らす。

正直に言えば、彼と二人きりという状況に緊張して、身の置きどころがないというのが実情だ。

——向き合って目を見るなんて、とてもできそうにない……

いたたまれないような気恥ずかしさから、窓ガラスに両手を添えて外へ視線を向けていると、腰に彼の右手が触れた。

窓ガラス越しに視線を向けると、いつの間にかコートとスーツのジャケットを脱いだ弘樹と視線が重なる。

雄《オス》としての欲望を隠さない眼差しをこちらに向けながら、弘樹は莉子の腰に触れた手をゆっくりと移動させていく。

彼の手がセーターの上を右から左へ移動していくだけで、莉子は自分の下腹部にジンとした熱が宿るのを感じた。

「姿勢がいいから気付かなかったが、随分華奢《きゃしゃ》な体をしているな」

莉子の腰に腕を絡めた弘樹は、窓ガラス越しに莉子を見つめて囁《ささや》き、首筋に唇を触れさせる。

彼の薄い唇の感触に莉子が小さく肩を跳ねさせると、弘樹はガラス越しに彼女の視線を捉《とら》えたまま甘く掠れた声で続ける。

「触れるのが怖くなるよ」

言葉ではそう言いつつ、獰猛《どうもう》な輝きを帯びた彼の目が、捕らえた獲物を逃がす気はないと語っていた。野生動物にたとえるなら、自分は彼に捕食される側なのだと本能的に理解させられる。

情熱的な眼差しに、思わず逃げ腰になってしまう。けれど、弘樹は今さら逃げ出すことは許さないと言いたげに、左手を窓に触れている莉子のそれに重ねた。

「――っ！」

背後から体を重ねられ、小柄な莉子の体はすっぽりと彼の腕の中に収まってしまう。

重ねられた手や、腰に巻き付いた腕は、男性的なたくましさに満ちている。同じ人間でも弘樹と自分では体の造りが大きく違うのだと実感させられた。

そんなことを考えているうちに、腰を抱いていた弘樹の手が動き始める。

莉子のウエストの細さを確かめるように、一度強く抱きしめてから腕を緩め、手のひらが腰のラインをなぞりながらセーターの中へ入ってくる。

セーターの中は薄いインナーを着ているだけで、ハッキリと彼の手の温度を感じてしまう。

彼の手で胸の膨らみに触れられると、それだけで心臓を鷲掴《わしづか》みにされたような衝撃を覚えた。

「着痩《や》せするタイプなんだな」

何気なく囁《ささや》かれた言葉から女性に対する慣れを感じて、余計に緊張してしまう。

どう反応していいかわからず身を固くしていると、弘樹の手が莉子のインナーをたくし上げ、ブラジャーの隙間から胸を触る。

「あっ」

直《じか》に胸を触られたことに驚き、思わず腰を引くけど、背中を彼の胸に押し付けるだけでどうすることもできない。

その間も、ブラの隙間から忍び込んできた手が、莉子の胸を弄《もてあそ》ぶ。

「莉子の胸は、吸い付くように俺の手に馴染む」

そんなことを囁《ささや》かれながら胸を揉まれると、それだけで体が甘く痺《しび》れ、膝から力が抜けそうになる。

「加賀……さん、あの……待って…………まだ」

窓ガラスについた手に力を込めて、内股になりつつ体を支える莉子は、切れ切れに制止の声を上げる。

だけど弘樹は、そんな彼女を窘《たしな》めるように胸の尖りを親指と中指で強く摘んだ。

「あぁっ！」

不意打ちの刺激に、莉子の喉から甘い声が漏れる。

その媚《こ》びるような声に、弘樹が満足げな息を漏らす。

「こういう場合は、お互いを名前で呼び合うものだろ」

そう囁《ささや》きながら、弘樹は親指と中指で摘んだ胸の尖りを人差し指で転がした。

その刺激がもどかしくて、莉子は無意識に腰を動かしてしまう。

「ひ……弘樹……さん……」

莉子が切れ切れな声で名前を呼ぶと、弘樹は満足げに息を吐き莉子の胸から手を離した。

「莉子、こっちを向いて」

彼に肩を掴まれ体を反転させられると、両手を頭の上で一纏《まと》めにされ窓に押し付けられる。

「……っ」

莉子の背中を窓ガラスに押し付けて、弘樹はもう一方の手で莉子の顎《あご》を持ち上げる。

身長差があるため大きく首を反《そ》らした姿勢となり、微《かす》かな息苦しさを覚えた。

自分に向けられる彼の眼差しは鋭いのに、見ている側の心を魅了する。ただ視線を重ねているだけで、莉子は頭の芯が甘く痺《しび》れるのを感じた。

弘樹は自分の魅力を存分に理解しているのだろう。莉子の目を覗き込んで命じる。

「莉子、舌を出して」

甘く掠れた声でそう囁《ささや》かれ、莉子は素直にその命令に従う。

薄く開いた唇から小さく舌を出した莉子に、瞼《まぶた》を伏せて顔を寄せた弘樹が、自分の舌で莉子の舌を絡め取る。

「ふぅ……ん………ぅ」

弘樹は莉子の舌を舌で撫で、唇で優しく啄《ついば》む。

唇より先に、舌で彼の唇や舌の熱を感じる口付けは、普通のそれより淫靡《いんび》な刺激を莉子に与えた。

そんな淫《みだ》らな愛撫《あいぶ》に、莉子はくぐもった甘い吐息を漏らす。弘樹は、莉子に抵抗する隙を与えないよう唇の間から舌をねじ込み、激しく口内を蹂躙《じゅうりん》し始める。

自分の存在を莉子に教え込むような濃厚な口付けに息ができず、膝から崩れそうになる。

莉子が彼のシャツを掴んで苦しげな息を吐くと、弘樹はやっと唇を解放してくれた。

それでも淫《みだ》らな口付けの余韻は大きく、すぐに乱れた呼吸を整えることができない。

弘樹は親指の腹で、唾液に濡れた莉子の唇を拭う。

部屋に入って数分もしないうちに、この場の主導権が誰にあるのかを思い知らされた莉子は、とろんとした眼差しで彼を見上げることしかできない。

「続きはベッドで」

そう言った弘樹は、少し膝を屈《かが》めて莉子を軽々と抱き上げると、ベッドルームへ移動しようとする。

「あの……シャワーは……？」

「それはバスルームでしたいって誘いか？」

「――っ」

とんでもない言葉に、慌てて首を横に振ると、弘樹は笑みを浮かべて莉子を運んでいく。

弘樹に連れていかれたベッドルームは、リビング同様、広々としていて中央に大きなベッドが設置されている。

そこに莉子を寝かせた弘樹は、そのまま彼女の上に覆《おお》い被さり再び唇を重ねてきた。

片手で莉子の手をマットレスに縫《ぬ》い付け、獣が捕らえた獲物を貪《むさぼ》るように、弘樹は莉子の舌に自分の舌を絡めていく。

弘樹の舌は、歯列を撫でたり、舌の裏や上顎《あご》をくすぐったりしながら、莉子の口内を好き勝手に蹂躙《じゅうりん》する。

「ん……っふ………っ」

官能的な動きをする彼の舌使いに、莉子は堪《たま》らずくぐもった息を漏らした。

手首を掴まれた状態で上から覆《おお》い被さられているため、思うように体を動かすことができない。

そんな体勢で莉子の唇を奪う彼の舌の動きは巧みで、莉子は彼にされるがままになってしまう。

思考を奪うような激しい口付けに、いつしか頭がクラクラしてくる。

「はぁ………ぅっ」

ひとしきり莉子との口付けに興じた弘樹が、不意に唇を解放した。

薄く目を開けると、熱っぽい眼差しで自分を見下ろす弘樹の顔がある。

莉子の手首を掴んでいた手を、彼女の頬に移動させて片側の口角を上げた。

「いい顔だ。キスだけで、随分煽《あお》るじゃないか」

「違……っ」

莉子は慌てて首を横に振る。

自分が今どんな顔をしているのかはわからないけれど、彼の巧みな口付けに翻弄《ほんろう》されるばかりで、欲望を煽《あお》るなんて余裕はない。

それなのに彼は莉子の言葉に耳を傾けることなく、上半身を起こすとネクタイを解き、それを無造作に投げ捨てて、シャツのボタンを外していく。

徐々に露《あら》わになる上半身は、鍛《きた》えているのか、筋肉の割れ目がはっきり見える。

肩幅が広く引き締まった彼の体に、視線が釘付けになってしまう。

莉子の視線に気付いた弘樹は、スッと目を細め誘うような眼差しをこちらに向けてくる。

加賀弘樹という存在が、どれほど男として魅力的であるか、熟知しているのだろう。

惜しみなく男の魅力を振りまく彼に、大した恋愛経験もない莉子が抗《あらが》えるわけがない。

瞬《まばた》きすることも忘れて見惚れていると、弘樹はこちらに視線を向けて言う。

「一晩しか俺を必要としないなら、忘れられない夜にしてやる」

熱っぽい口調でそう告げて、上半身を露《あら》わにした弘樹が再び莉子に覆《おお》い被さる。

「だって……」

そんな言い方、下手な期待をしてしまうからやめてほしい。

彼の胸を押して、そう抗議しようとしたのに、セーターをインナーごと捲《まく》り上げられて言葉を呑み込む。

「今は俺のことだけを考えろ」

莉子から思考を取り上げるように、弘樹は彼女の胸を鷲掴《わしづか》みにする。

胸の膨らみに沈む彼の指の感触に、驚いて息を呑む。

弘樹は莉子のその反応を味わうように、彼女の耳元に顔を寄せて熱い息を漏らした。

「莉子の胸は柔らかいのに弾力があるな」

ブラジャーの隙間から手を滑り込ませ、その膨らみを直《じか》に揉む弘樹は、その弾力を確かめるように強く指を食い込ませる。

「あ……っ」

鈍い痛みを感じるほど強く胸を揉みしだかれ、莉子は小さく喘《あえ》ぐ。

弘樹は胸の先端を指で撫でたり、挟んで転がしたりする。そうされるうちに、弾力のあったそこが硬く芯を持って浮き上がってくる。

強く指で摘まれ、クリッと捻《ひね》られると、その刺激に莉子は腰を跳ねさせた。

男性に胸を触られるのが初めてというわけではないけど、彼の愛撫《あいぶ》は莉子の知るこれまでのものとはなにかが違う。

「莉子、俺を見て」

胸を愛撫《あいぶ》しながら、弘樹が名前を呼ぶ。

声に導かれるように彼に視線を向けると、切なげな表情を浮かべる弘樹と視線が重なる。

一夜の情事の相手にそんな情熱的な視線を向けないでほしい。

「……」

莉子は、これ以上彼に溺《おぼ》れるのが怖くて、そっと視線を落とした。

すると弘樹は、彼女の顎《あご》を摘んで自分の方へ向かせると視線を合わせることなく唇を重ねる。

口付けを交わして胸を揉まれただけで、下腹部がじんじんと疼《うず》き、抑えられない熱が内側から肌を焦がす。

「莉子、手を上げて」

唇を離した弘樹が言う。

彼の言葉に従い腕を上げると、弘樹はセーターとインナーを纏《まと》めて脱がし、背中に回した手でブラジャーのホックを外してそれも取り上げる。

あっという間に上半身を裸にされた莉子は、肌を晒《さら》す気恥ずかしさから彼の首に自分の腕を絡めて体を寄せる。

でもそうすることで互いの素肌が密着し、直《じか》に伝わってくる体温に羞恥心《しゅうちしん》が増す。

「莉子……」

どうしていいかわからず、腕を絡めたまま体を固くしていると、弘樹に優しく名前を呼ばれた。

その声に莉子が少しだけ腕の力を緩めると、弘樹が唇を求めてくる。

「ん……っ」

隙間なく唇を合わせ、莉子の意識が口付けに向いた隙に、弘樹はスカートのファスナーを下ろしていく。

そうやって莉子を一糸纏《まと》わぬ姿にした弘樹は、自身も全ての衣類を脱ぎ捨てると、莉子の胸に顔を埋《うず》めた。

「あっ」

突然、胸の尖りを口に含まれ、莉子は体を跳ねさせる。

先ほどまでの愛撫《あいぶ》で硬くなったそこに、ねっとりとした舌が絡み付く感覚はひどく淫《みだ》らでもどかしい。

弘樹は乳首を舌で転がしながら、もう一方の胸は手のひらで揉みしだく。

「あん……やぁ…………っ」

同時に胸に与えられる異なる刺激に、莉子は身を捩《よじ》って喘《あえ》ぐ。

「莉子」

不意に動きを止めた弘樹が、名前を呼ぶ。

一方的に与えられる淫《みだ》らな刺激に翻弄《ほんろう》されていた莉子が視線を向けると、顔を上げた弘樹が左右から胸に手を添えて中央に寄せた。

目の前に並べられた先端のうち、舌で愛撫《あいぶ》を受けた方は唾液に濡れ淫《みだ》らな存在感を放っている。

「……っ」

その光景に、莉子は思わず身じろぎしてしまう。

弘樹は莉子の目を見つめながら、チロリと舌を出して胸の先端をくすぐり始める。

「あぁっ、やぁぁっ」

上目遣いで、わざと見せつけるような愛撫《あいぶ》はひどく淫《みだ》らだ。

彼の舌と視線に欲望を掻き立てられ、莉子は身悶《みもだ》えた。

彼の巧みな愛撫《あいぶ》で肌が敏感になっているからか、相手が弘樹だからなのか。こんな淫《みだ》らな自分は知らない。

先ほど彼は莉子に、忘れられない夜にしてやるといったことを口にしていたけど、本気なのかもしれない。

莉子の反応を窺い、敏感な場所を探り当てては己の存在を刻んでいく。

情熱的な視線を向けられ、そんなふうに肌を刺激されては耐えようがない。

湧き上がる快感に身悶《みもだ》え、莉子は強くシーツを掴んで踵《かかと》を滑らせる。けれど与えられる刺激をやり過ごすことはできない。

「随分、感じやすいんだな」

「違……んっ」

普段の自分はこうではないと言いたいのに、胸の先端を甘噛みされ、それどころではなくなってしまう。

鼻から抜けるような甘い声を漏らして、莉子は弘樹の肩を押した。

「弘樹……さん、駄目っ」

だけど女の莉子が押したくらいで、彼の体を離すことなどできない。

それどころか、弘樹は莉子のささやかな抵抗を叱るように、より激しく乳房を貪《むさぼ》ってくる。

ピチャピチャと淫靡《いんび》な水音を立てて肌を舌で愛撫《あいぶ》されると、下腹部に切ない熱が溜まっていく。

自分ではどうすることもできない熱を持て余し、太ももを摺り合わせる。それにより、いつの間にかその場所が蜜で濡れていることに気付いてしまう。

「感じている？」

胸を解放した弘樹が問いかけてくる。

「…………っ！」

そんな恥ずかしい質問に答えられるわけがない。

莉子が羞恥《しゅうち》に頬を染めて顔を横に向けると、彼女の口から答えを引き出すことをあっさりと諦めた弘樹は片腕で体のバランスを取り、もう一方の手で莉子の腰のラインをなぞる。

「あ、やっ！」

彼の手が進む先を察した莉子が、咄嗟《とっさ》に身を捩《よじ》って体を反転させた。

弘樹に背中を向けることで、彼の手から逃れたつもりでいたけれど、その考えは甘かったらしい。

「そういう初心《うぶ》な反応は、男を煽《あお》るだけだと知っているか？」

莉子の耳元に顔を寄せてからかうように囁《ささや》いた弘樹は、背後から莉子を抱きしめると、再び体に手を這《は》わせていく。

「――っ」

莉子の太ももの間に滑り込んだ指が、ヌルリと動く。

滑《なめ》らかに動く指の感触で、自分の下肢の状況を突き付けられた莉子は、羞恥《しゅうち》に身悶《みもだ》えた。

「キスと胸への愛撫《あいぶ》だけで、随分濡れているね」

蜜に濡れた陰唇の間を弘樹の指が這《は》う。

弘樹は割れ目に沿って指を往復させながら、もう一方の手で再び胸を愛撫《あいぶ》する。

その艶《なまめ》かしい刺激に、莉子が背中を反《そ》らして熱い息を吐く。弘樹は無防備な彼女の肩や首筋を舌でくすぐった。

彼に与えられる全ての刺激が、莉子の欲望を掻き立てていく。

背後から巻き付くように絡められた弘樹の腕が、片方は莉子の陰唇を優しく撫で、もう片方の手で強弱をつけながら胸の膨らみを揉む。

最初は優しく割れ目に沿って動くだけだった指が、不意に陰唇を左右に押し広げた。

「あっ」

その刺激にビクリと莉子が肩を跳ねさせる。その隙に、彼の指が莉子の中へと沈んできた。

溢《あふ》れる蜜を絡め取るように円を描いて沈んでくる指の感覚に、莉子の意思とは関係なく膣がヒクリと収縮する。

それにより敏感になっている膣内に、はっきりと彼の指の存在を意識してしまう。

「随分、物欲しげな動きをする」

莉子の反応を指で感じ取った弘樹が、嬉しそうに囁《ささや》く。

そして彼は、深くまで沈めた指でゆっくりと円を描き、さらなる欲望を煽《あお》ってくる。

男性的なゴツゴツした指が、莉子の感じる場所を探るように蠢《うごめ》く。

それと同時に、胸を愛撫《あいぶ》する動きが激しくなった。

「莉子っ」

彼の声に、ひどく切羽詰《せっぱつ》まった熱を感じて、莉子は背中を震わせて切ない息を漏らした。

「弘樹……さん」

彼が自分にどこまでの関係を求めているのかわからない。

だからこれ以上彼に溺《おぼ》れないためにも、一夜限りの関係で終わらせるべきなのに、肌を触れ合わせていると、愛おしさが加速していく。

彼への強い愛情を自覚した莉子は、その思いを言葉にする代わりに彼の名前を呼ぶ。

この人がどうしようもなく好きだ。

自分がこんなに感じているのは、好きな人に触れられているからだと知ってほしくて、自分の体に絡み付く彼の腕に自分の手を添える。

それに応《こた》えるように、彼の指遣いが激しさを増していく。

いつの間にか中の指は三本に増やされ、その指がバラバラな動きをする。

「あぁ！」

彼の指が弱い場所に触れて、莉子は腰を跳ねさせて甘い悲鳴を上げた。

すると弘樹は、容赦なくその場所を攻め立ててくる。

「ひっ、弘樹さあぁ……っファぁ…………ぁひ……弘樹さん……はぁ……ひろっ」

喘《あえ》ぎながら、繰り返し愛おしい人の名を呼ぶ。

うっとりと彼に与えられる快楽に身を委《ゆだ》ねていると、突然、蜜でふやけた肉芽を指で弾かれ、目の前で白い閃光《せんこう》が弾けた。

「ヒッ！」

強い刺激に、莉子が体を強張《こわば》らせる。

弘樹は莉子の反応を味わうかのように、絡める腕に力を込めた。

「イッた？」

そう問いかける間も、弘樹は莉子の肌に指を這《は》わせて刺激してくる。

莉子は、そのもどかしい動きから解放されたくて小刻みに顎《あご》を動かして頷いた。

質問に答えたら、このもどかしい責め苦から解放してもらえると思ったのに、弘樹は指の動きを緩めてはくれない。

彼の指が蠢《うごめ》く度に、莉子は自分の肌を内側から燻《いぶ》されるような焦《じ》れったさを覚え、シーツに顔を埋《うず》めて喘《あえ》いだ。

「はぁ……………うっあぁ……ッ」

圧倒的な体格差を前に、自由に体を動かすことのできない莉子は、首筋に触れる息遣いで弘樹の興奮を感じた。

逃しようのない熱が肌の内側に満ちて体が熱い。とっくに限界を超えているのにいつまでも満たされず、腰が勝手に震えてしまう。

その熱を持て余しているのは、きっと莉子一人ではない。

密着した弘樹の胸の動きで、彼の呼吸が荒くなっていることがわかる。

「どうしてほしい？」

莉子の体を愛撫《あいぶ》しながら弘樹が聞く。

この状況で莉子が求めているものなど、聞かなくてもわかるはずだ。それなのに敢えて言葉で確認してくる。

自分たちは今、間違いなくお互いを強く欲している。

でもどれほどの熱量で相手が、自分という存在を求めているのかわからないから、相手の気持ちを確認せずにはいられないのだ。

弘樹が莉子に問うように、莉子も彼に教えてほしい。

自分のことを、どのくらい欲してくれているかを……

「……弘樹さんの、好きにされたいです」

莉子は、自分の体に腕を絡める弘樹の腕に手を添えて言う。

「莉子」

弘樹が自分の名前を呼ぶ。

声に反応して振り向くより早く、彼に肩を掴まれ身を反転させられると、そのまま組み敷かれた。

その勢いで投げ出された手に、弘樹は自分の手を重ねて指を絡める。

「ん……くぅっ」

「ふぅ……ぅ」

指を絡めながら深く唇を重ねる。

角度を変えて舌を絡め合っているうちに、互いの鼓動が重なり、細胞の一つ一つが弘樹という存在で満たされていく。

ホウッと恍惚《こうこつ》の息を漏らす莉子の頬を撫でた弘樹は、一度体を起こし脱ぎ捨てたズボンから財布を取り出し、中から避妊具を抜き取る。

その間、距離ができたことで、莉子の視界に彼の裸体が飛び込んできた。

弘樹はどちらかといえば甘い顔立ちをしているが、体はアスリートのように引き締まっている。

その下腹部では、彼の欲望が強烈な存在感を放っていた。

うっすらと血管が浮き出たそれは、硬く太く屹立《きつりつ》していて、莉子は本当にあれが自分の中に入るのか不安になってしまう。

「……」

前歯で避妊具の封を切りながら視線を向けてくる弘樹は、男の色気に溢《あふ》れている。

彼と目が合ったことで、いつの間にか彼の体に目を奪われていたことに気付き、莉子は慌てて視線を落とした。

「莉子」

避妊具を装着した弘樹は、再び彼女に覆《おお》い被さる。互いの額を密着させて、莉子の目を覗き込みながら体を寄せてきた。

「あっ……ぁぁぁっ」

ゆっくりと自分の中へ沈んでくる弘樹のものの感覚に、莉子は喉を反《そ》らして喘《あえ》ぐ。

散々焦《じ》らされた体は、待ち望んでいたその刺激に喜び戦慄《わなな》く。

挿入されただけで軽く達してしまった莉子は、さらなる刺激をねだるように淫《みだ》らに膣を収縮させる。愛液でふやけた膣壁が、彼のものに絡み付き、きゅうきゅうと締め付けた。

その反応に、腰を密着させた弘樹が眉根を寄せて「クッ」と呻《うめ》いた。彼のものを強く意識した莉子が甘い息を漏らす。

「キツイな。君に溺《おぼ》れてしまいそうだ」

一度最奥《さいおう》まで沈めた腰を少しだけ動かして弘樹が呟く。

思わず漏れてしまったといった感じの言葉に、莉子の体が敏感に反応すると、弘樹がまた眉根を寄せる。

「あ、やぁ……ぁあん……弘樹さ……ん」

挿入したものを途中まで引き抜いた弘樹は、すぐに最奥《さいおう》まで戻さず、浅い部分を行ったり来たりし始める。

そのもどかしい動きが、莉子の肌を甘く痺《しび》れさせていく。

彼の腰が行きつ戻りつする度に莉子の腰が揺れ、柔らかな乳房も踊る。

弘樹はその胸を大きな手で包み込んだ。

「……っ」

鋭敏になっている肌は、彼の手が優しく触れるだけでも甘い痺《しび》れを生む。

莉子が切ない吐息を漏らすと、弘樹はその息遣いを求めるように優しく胸を揉みしだく。

腰をゆすられながら胸を揉まれる。莉子は浅い呼吸を繰り返しつつ、その刺激に翻弄《ほんろう》された。快感に蕩《とろ》けた表情を浮かべる莉子は、自分を見下ろす弘樹の視線に気付いて小さく喘《あえ》いだ。

「やぁ……見ないで………」

彼の視界を遮《さえぎ》ろうと伸ばした手を、大きな手に掴まれる。

莉子の手の甲に口付けた弘樹は、目を細めて「無理だな」と薄く笑う。

「こんなそそる表情を見せておいて、それはないだろう。俺の好きにしていいと言ったのは、莉子だ」

そう言って、弘樹は一気に深く腰を沈めてきた。

莉子に自分の存在を刻むように、弘樹が激しく腰を打ち付けてくる。

「あぁぁっ」

さっきまで、浅い場所での抽送《ちゅうそう》をもどかしく思っていたのに、いざ奥まで貫かれると、その強烈な存在感に莉子は甘い声で鳴いた。

視界が霞《かす》むような激しい快感に身を捩《よじ》り、彼の手を振り解くようにもがいた手でシーツを掴んだ。

体の角度を変えたことで微《かす》かに片脚が浮くと、弘樹はすかさずその膝裏に腕を入れて掬《すく》い上げる。

「あ――っ。やあぁ……すごすぎるのっ」

片脚を弘樹の肩に担がれたことで、これまでとは異なる角度で彼のものが莉子を苛《さいな》む。

その上、角度が変わったことで、彼の切先が莉子の弱い場所に当たった。

シーツを掴む指に力を入れて快感の波をやり過ごそうとするけれど、弘樹はそんなことは許さないとばかりに激しく腰を打ち付けてくる。

「莉子の中が、俺のに吸い付いてくる」

弘樹がどこか辛そうに唸《うな》り、腰の動きを加速させていく。

彼が動く度に媚肉が擦れて、甘い痺《しび》れを呼ぶ。

喜悦《きえつ》に蕩《とろ》けた顔を見られていると思うと恥ずかしくて堪《たま》らないのに、それ以上に肌が敏感になり、どうしようもないほど感じてしまう。

「ひ、弘樹さ……ん……もう、…………やぁっ」

切ない声で限界を告げるけれど、弘樹は莉子を攻めるのをやめてはくれない。

それどころか肩に担いだ脚の角度を変えて、一層激しく突き上げる。

太くて硬い彼の欲望は、どこまでも淫《みだ》らに莉子の女の部分を引きずり出していく。それは莉子がこれまでに経験したことのない、濃密な男女の交わりだった。

「やあ、おかしく……なっちゃう」

もう限界だと、莉子はイヤイヤと首を横に振る。それを見下ろす弘樹は、どこか加虐性《かぎゃくせい》を感じさせる笑みを浮かべて言った。

「おかしくなればいい」

艶《つや》っぽい声でそう囁《ささや》いた弘樹は、それを実践するように激しく腰を打ち付けてきた。

彼の抽送《ちゅうそう》に合わせて、濡れた膣は粘《ねば》っこい淫《みだ》らな水音を響かせる。

その音に莉子の喘《あえ》ぎ声が重なり、室内は淫靡《いんび》な空気に満たされていく。

「あぁ――っ」

微妙に角度を変えながら繰り返される抽送《ちゅうそう》の中、彼の雁首《かりくび》が膣の一点に触れる。その瞬間、莉子は背中を弓形にして喘《あえ》いだ。

快感に震える莉子を見下ろし、弘樹は獰猛《どうもう》な光を目に宿して口角を上げる。

「……ここが弱いのか？」

口調こそ問いかけの形を取っているが、弘樹は莉子の返事を待つことなくその場所を重点的に攻め立てる。

「あ……やぁ……壊れちゃ……ぅ」

弘樹は莉子の脚を肩から下ろした。

そうすることで自然と彼の体が離れる。

激しい攻めに疲弊《ひへい》しきっていた莉子は、彼の体が離れたことに寂しさを覚えつつ乱れた呼吸を整える。

でもそれは束の間の休息で、弘樹のたくましい手がすぐに莉子の肩を捉《とら》えて彼女の体を反転させる。

そして彼女のくびれた腰を掴んで引き起こすと、再び欲望を莉子の中へ沈めてきた。

「あぁぁぁんっ」

マットに頬を押し付け、前傾姿勢のまま貫かれた莉子は淫《みだ》らに喘《あえ》いだ。込み上げる快感に、腰がビクビク震えるのを抑えることができない。

「弘樹さん……もう、本当に……駄目なのっ」

意識に甘く霞《かすみ》がかかっていくのを感じながら、莉子は甘い嬌声《きょうせい》を上げる。

「もう少しだけ、俺を感じてて」

縋《すが》るように莉子の腰に腕を回し、弘樹は彼女を攻める速度を上げていく。

体を揺さぶられ激しく奥を突かれる度に、霞《かす》む視界に白い光が明滅する。

目の奥で繰り返し閃光《せんこう》が走り、指先がジンと痺《しび》れていく。

短い呼吸を繰り返しながら激しく喘《あえ》いで、与えられる快感を追う。

一際強く腰を打ち付けられた瞬間、莉子は腰を反《そ》らせて喘《あえ》いだ。

「あっぁぁぁっ！」

意識がとろりとした甘い痺《しび》れに支配され、無重力空間に投げ出されたような浮遊感に襲われる。

「莉子」

ぐったりと脱力した莉子の腰を掴んだまま、弘樹が名を呼ぶ。

腰の突き上げこそ止めてくれているが、膣の中で彼のものが僅《わず》かに動いているのがわかる。絶頂を極めた体では、その些細《ささい》な刺激さえも辛い。

「……んっ」

切ない吐息を漏らして莉子が頷く。

「ごめん、虐《いじ》めすぎたな」

息を乱しつつ、少しだけ冷静さを取り戻した声で弘樹が詫びる。

けれど、彼の左手は莉子の肩を掴み、右手を莉子の腰に絡めると、ゆっくり腰の動きを再開させた。

「えっ……弘樹さぁ……」

息もできないほどの快楽から解放されたばかりの莉子は、腰を捉《とら》える彼の手を押さえた。

けれど腰と肩をがっちり掴まれていてどうすることもできない。

「悪いけど、もう少しだけ付き合ってくれ」

弘樹はそう言って、抽送《ちゅうそう》を再開させた。

「はぁ、あぁっ」

背中に破裂するのではないかと思うほど、彼の激しい鼓動を感じる。

それが愛おしくて、莉子は彼にされるまま律動に身を任せていると、数回激しく腰を打ち付けた弘樹が自分の欲望を吐き出した。

それを薄い膜越しに感じた莉子は、切なく喘《あえ》いでマットレスに倒れ込む。

弘樹は脱力した莉子を背後から強く抱きしめた。

「莉子」

乱れた呼吸のまま、弘樹が愛おしげに自分の名前を呼ぶ。

「……弘樹さん」

その声に応《こた》えるように、莉子も彼の体に腕を絡めてその名前を呼んだ。

◇◇◇

薄闇の中、弘樹はそっと手を伸ばして隣で眠る莉子の髪に触れた。

それだけで、こんなにも心が満されるなんて知らなかった。

「……莉子」

弘樹は、誰にも聞こえない小さな声で名を呼ぶ。

いきなりこんなに激しく抱くつもりはなかったのに、気が付けば彼女の体に溺《おぼ》れていた。

ホテルにチェックインするなり激しく彼女を抱いた後、お互いにシャワーを浴びた後で再び肌を重ねた。立て続けの激しい情事で疲弊《ひへい》した彼女は熟睡している。

これまで二回、彼女に誘いをかわされたこともあり、偶然バーの前で遭遇した彼女を逃してはならないと、我ながら、らしくないほど必死に引き止め、勢い任せに口説いた。

「まいったなぁ」

莉子の乱れた髪を撫でながら、弘樹は呟く。

どうやら自分は、自分で思っているよりずっと深く、彼女に溺《おぼ》れているらしい。

最初はただ純粋に、瑞々《みずみず》しい感性で図面を描く彼女がどんな人なのか気になっただけだった。

神田を通して彼女の人となりを知り、同業者として話してみたいと思ったのは事実だが、その好奇心がこんな激しい愛情に発展するなんて思いもしなかった。

確かに整った顔立ちをしているし、年齢や性別に甘えることなく仕事に取り組む姿勢には、好感を持ったが、それだけだ。

そうした女性は、この業界にいくらでもいる。

もともと仕事関係の女性とは一線を引くようにしていたし、相手は年齢差がある上に、自分の恩師とも言える存在の事務所スタッフなのだ。

だから興味や好感はあっても、適切な距離は保つつもりでいた。

軽く付き合うだけの女性なら幾らでもいるし、彼女とは仕事の話をするだけ、そう思っていたはずなのに……

今日、講演会の会場で彼女を見かけた気がして、ただそれだけの理由で以前彼女を誘ったバーに行ったら、彼女がいて戸惑った。

いい年をして「これは運命では？」と閃《ひらめ》いた自分の思考回路に苦笑するしかない。

運命なんて言葉は、自分の背中を押すための事象をそれっぽく後付けするための言葉で、決めるのはいつも自分だ。つまり自分は、偶然遭遇しただけの彼女に、運命を感じたいと思ってしまったのだ。

そこまで理解して理性を抑え込めるほど、自分はお利口さんにはできていない。

覚悟を決めて、指輪の秘密を打ち明けてまで本気で口説いたのに、彼女の答えは『一夜だけ』という割り切ったものだった。

これまでのやり取りで、彼女の中にも、自分が彼女に抱《いだ》くものと同種の熱を感じていたつもりだったのだが……

彼女にとって自分は、その程度の魅力しかなかったということなのだろう。

いっそ、完全に拒絶されたのなら諦めがついたかもしれないが、肌を重ねたことでより一層諦めがつかなくなった心は、自分の愛情を受け入れてもらえなかった理由をあれこれ考えてしまう。

とりとめもなく思考を巡《めぐ》らせていた弘樹は、ふと一番考えたくない理由に思いが及んで大きく息を吐いた。

それは、莉子に恋人や夫がいるということだ。

自分が相手もいないのに指輪をしているのと同じように、パートナーがいても公《おおやけ》にしていない人なんていくらでもいる。

だから彼女に、恋人や夫がいたとしても、なんの不思議もない。

褒《ほ》められたことではないが、時に弘樹だって、愛情のない割り切った相手と、男女の関係を楽しんだ経験くらいある。というより、これまでの自分にとって、セックスとはそういうものだった。

だから莉子が、自分にそれを求めたのだとしても非難できる立場にはない。

彼女に愛する誰かがいることを知るのが怖くて、なにも聞けないまま彼女を求め、愛の言葉を囁《ささや》けないもどかしさから、激しく彼女を求めてしまった。

そしてこうやって自分の隣で眠る莉子を見ていると、彼女に他にパートナーがいる程度で諦めがつくような感情ではないのだと思い知らされる。

「……愛している」

莉子の頬をそっと撫で、彼女が熟睡していることを確認して愛の言葉を囁《ささや》く。

はっきり言葉にしたことで、感情は収まるどころか、余計に増幅してしまう。

清らかな水に朱色のインクを垂らせば、もとに戻すことができないのと同じように、一度彼女への愛情を自覚した心は、もうその思いを止められない。

そして自分は、決して物わかりのいいお利口さんではない。むしろ諦めは悪い方だ。

「悪いな」

眠る彼女に、詫びてしまうのは、自分の我《が》の強さと遠慮のなさを承知しているからだ。

ここまで愛おしく思う女性を簡単に諦めることなどできない。もし彼女に他に思う相手がいたとしても、弘樹にとって、それは彼女を諦める理由にはならない。

どれだけ時間をかけてもいいから、その相手以上に自分を愛してもらえるよう努力するだけだ。

明日彼女が目覚めたら、正直に自分の気持ちを伝えよう。

恋をするなら、まずはそこから始めなくてはならない。

◇◇◇

愛している……

遠くで誰かにそう囁《ささや》かれたような気がした。

その囁《ささや》きが莉子の心を甘く震わせるのは、好きな人の声だったからだ。

それをもっと味わっていたかったけれど、微睡《まどろ》みをたゆたっていた思考が徐々に覚醒していく。

「ん……」

全身が気怠《だる》く、瞼《まぶた》を開けるのも億劫《おっくう》なのに、それでも目が覚めてしまった。

異常に体が重いだけでなく、節々の関節や喉が痛む。

思考に霞《かすみ》がかかっているようなこの感覚は、二日酔い特有のものだ。

確か今日は日曜日のはずなので、それなら無理に起きることはない。

なんだかすごくいい夢を見ていた気がするから、まだその余韻を味わっていたい。

寝ぼけた頭で考えを纏《まと》め、莉子は、掛け布団を頭の上まで引き上げた。

そこでふと、肌に触れる布団の手触りがいつもと違うことに気付いた。

その違和感から、意識は一気に覚醒していく。

昨日の自分がどこにいて、誰と酒を飲んでいたのか。

そしてその後、自分が誰とどこで過ごしたのか……

「――っ！」

さっきまで瞼《まぶた》を開けるのも億劫《おっくう》なほどの疲労感に包まれていたことも忘れて、莉子は勢いよく上半身を起こした。

布団から出た素肌に空気が触れる。

空調が整えられていて寒いということはないが、それでも布団の中に比べれば肌寒い。

そしてその肌寒さが、より一層、莉子の意識を覚醒させていく。

「起きたか？」

背後から聞こえてきた声に振り返ると、そこには自分と同じように一糸纏《まと》わぬ姿でベッドに横になる弘樹の姿があった。

その姿を目《ま》の当たりにして、初めて、自分が今まで彼に添い寝されていたことに気付く。

「あの、はい……」

声を出すと、喉に痛みを覚える。

喉が痛くなるほど彼に喘《あえ》がされたのだと思うと、羞恥《しゅうち》で彼の目が見られない。

一度跳ね除けた布団で胸元を隠し、背中を丸めて視線を落とした。

体を起こした弘樹は、右手で莉子の乱れた髪を手櫛《てぐし》で整える。

その手触りの心地よさに、莉子はそっと吐息を漏らす。

女性の扱いに慣れている弘樹にとっては何気ないスキンシップなのかもしれないけど、彼に恋い焦がれる身としては、その温もりを感じるだけで愛おしさが込み上げてくる。

一夜の夢と割り切るつもりでいたのに、肌を重ねたことで愛おしさは増すばかりだ。

胸に込み上げる思いを噛みしめていると、弘樹が気遣わしげにこちらを窺う。

「昨日は悪かったな。体は平気か……？」

優しく声をかけてくる弘樹へ視線を向けようとした時、マットレスに手をつく弘樹の左手が視界に入った。

彼の左手薬指の指輪を確認して、莉子は切なさに唇を噛んだ。

どうしようもなく彼を愛おしいと思うこの気持ちは、弘樹にとっては迷惑なものにしかならないだろう。

だとしたら、自分の恋心を彼に知られるわけにはいかない。

「昨日のことだけど……」

「昨日は、すみません。実は私、失恋したばかりで、ちょっと寂しくて」

彼の言葉を遮《さえぎ》るように莉子が言う。

そしてそのまま、一気に捲《まく》し立てた。

「すごく好きな人だったんですけど、玉砕しちゃって」

「失恋……？」

弘樹の問いかけに、莉子は視線を合わせないままコクコクと頷く。

「私なんかじゃ、釣り合わない素敵な人で、フラれて当然の恋でした。彼、既婚者で、素敵な奥さんもいるみたいで、私が入り込む隙間なんて最初からなかったんですよ」

莉子は前髪をクシャリと掻き上げ言葉を探す。

アルコールを楽しみながら言葉を交わし、肌を重ねたことで、彼を求める思いは加速していくばかりで、きっと諦めるなんてできない。

だけど、彼の薬指にある指輪を見れば、これは叶わぬ恋だと理解できる。

彼の一番になれないのであれば、せめて面倒くさい女だと思われたくない。

「それでちょっと人肌恋しくなって、つい加賀さんの誘いに乗ってしまったんです。パートナーのいる人の方が、後腐れなくていいじゃないですか」

前髪から手を離した莉子は、彼を見上げてニッと強気に笑ってみせる。

そうやって、自分はなに一つ傷付いていないという顔をして続けた。

「こういうのは、朝が来たらお互いなかったことにするのがマナーです」

彼の口から昨日のことは遊びだと告げられる前に、自分からちゃんと割り切った関係だと宣言して終わらせたかった。

それは莉子のなけなしのプライドだ。

彼ほどの人が自分なんかを愛してくれるとは思わないけど、それでも彼の口から「遊び」や「気の迷い」といった言葉は聞きたくない。

「なるほど、よくわかった」

そう返す弘樹の声は、どこか嬉しそうに聞こえた。

やっぱり、彼にとってこの関係は、ただの遊びにすぎなかったのだろう。

渦巻く感情の処理の仕方がわからず、彼から視線を逸らした莉子は、彼の目に情熱的な熱が宿っていることに気付かなかった。

3　再会とすれ違い

「戻りました」

一月の最終週の金曜日。外回りを終えてオフィスに戻った莉子は、誰にともなくそう声をかけて外した手袋をコートのポケットにねじ込み、それをマフラーと一緒にハンガーにかける。

そんな莉子の背中に、後ろを通った雨宮が「雑な女」という呟きを投げかけていく。その声の尖り具合から察するに、どうやら今日の彼はかなり機嫌が悪いらしい。

とはいえ、仕事中は機能性重視のスイッチが入っているため、つい思考も行動も雑になってしまうのは事実だ。

それを反省するより先に、脳裏に「性別は捨てたり拾ったりするものじゃない」という弘樹の声が蘇《よみがえ》り、落ち込みかけた気持ちが浮上する。

同時に、自分の肌を撫でた彼の指の感覚まで思い出してしまい、莉子は困ったように首筋を撫でた。

彼と濃密な夜を過ごしてから二週間近く過ぎた今、肌に蘇《よみがえ》る感覚はただの錯覚でしかない。

あの日、帰り際に互いのプライベートな連絡先を交換しなかったこともあり、弘樹との交流は途絶えている。

一夜限りの関係を求めたのは莉子だし、それは当然の結果である。

それでも彼と肌を重ねた記憶と、あの日、彼に貰った言葉の数々は莉子の中に鮮明に焼き付いていて、こうやって落ち込みかけた時、そっと莉子の背中を押してくれる。

たかが二週間やそこらで莉子を取り巻く状況が一変するわけもなく、雨宮の自分への態度も相変わらずだけど、それでも「君の感性は強みだろ」と言ってくれた弘樹の言葉を信じて、これまで以上に仕事を頑張ろうと思う。

「小日向君、ちょっといい？」

自分のデスクに座りかけた莉子は、その声に動きを止めた。

見れば神田がこちらに向かって手招きしている。

——半月くらい前にも、こんなことあったよね……

手招きをする所長の姿に、そんなことを思い出す。

ただし前回神田が手招きしていたのは所長室で、今日の彼は、来客を交えて打ち合わせなどをする際に使用する会議室から顔を覗かせている。

「はい。今行きます」

莉子の返事に神田は小さく頷いて、ドアの向こうへ姿を消す。

莉子は、腰を下ろそうと引いた椅子を戻して会議室へ足を向ける。

視界の端には、不機嫌そうに舌打ちして事務所を出ていく雨宮の姿が見えた。

どうやら彼の不機嫌の原因は、このドアの向こうにあるらしいと想像しつつ、莉子は会議室のドアをノックする。

「失礼いたします」

そう声をかけ、ドアを開けて一礼した莉子は、顔を上げた姿勢のまま動きを止めた。

「外は寒かったでしょ」

ドアノブを握りしめたまま硬直する莉子に、神田は朗《ほが》らかな口調で言う。

会議室には、白い長テーブルとそれを挟んで左右三脚ずつ椅子が配置されている。

窓側の席、三脚並ぶ椅子の真ん中に座る神田の向かいには、弘樹が座っていた。

椅子の背もたれに腕をかけ、腰を捻《ひね》ってこちらを見ている。

目が合うと、弘樹は硬い蕾《つぼみ》が解けて花を咲かせるようにふわりと笑う。

莉子との再会を心底喜んでいるような彼の表情に、外回りで冷えていた顔が一気に熱くなる。

「……」

どうして彼がここに……と、戸惑うが、冷静に考えれば彼はＫＳデザインの社長で、神田とも旧知の仲のようなので、別にいても不思議はない。

彼がわざわざ莉子に会いに来るわけがないので、神田に用があったのだろう。

雨宮の不機嫌の原因は、彼の来訪だったようだ。

突然の再会に驚きすぎて体が固まっている間、そんなどうでもいい分析をしてしまう。

呆然としている莉子に、立ち上がった弘樹が握手を求めてくる。

「小日向さん、久しぶり」

柔和《にゅうわ》な微笑みを向けてくる彼が差し出したのは右手で、莉子の角度から椅子の背もたれを掴む彼の左手は見えない。

再会するなり、最初にそんなことを気にしてしまう自分に呆れつつ、莉子は握手に応じた。

「お久しぶりです。賀詞《がし》交換会以来ですね」

さりげなくあの日のことをなかったことにする莉子の言葉に、握手をする弘樹の手がピクリと震えた。

少し眉尻を下げ、どこか不機嫌そうな顔をする彼に、莉子は何事もなかった顔で微笑む。

莉子の意図がどこまで通じたかはわからないけど、弘樹は「そうだね」と視線を逸らして握手の手を解いた。

「コーヒー、淹《い》れ直しますか？」

テーブルには書類の他に、チョコと共に飲みかけのコーヒーが置かれている。所長が自分を呼んだ理由はそれだろうかと聞いてみた。

しかし莉子の言葉に、神田は首を横に振る。

「そんなことのために呼んだわけじゃないよ」

そう言って、所長は莉子に自分の隣に座るよう指示した。

莉子が着席するのを待つ間に、テーブルのチョコをチラリと確認した神田は、「この前のチョコは、ちゃんと小日向君に渡したよ」と弘樹に主張する。

賀詞《がし》交換会以降会っていないフリをするなら、チョコのお礼を言うべきだと気付いた。

「あ、ありがとうございます。美味《おい》しかったです」

慌ててお礼を言った莉子をチラリと見やり、神田が拗《す》ねた口調で言う。

「なんかその言い方だと、小日向君が僕に口裏を合わせてくれている感じがしない？」

「神田さんは、そんなことしない人だと信じていますよ。……多少の前科があってもね」

奥歯に力を込めて笑いを噛み殺す弘樹の言葉に、神田が気まずそうに視線を逸らす。

そんな二人のやり取りに自然と心が和《なご》む。

それで緊張がほぐれた莉子は、神田の隣に腰を下ろすついでにテーブルの上を確認する。

打ち合わせの途中なのか、図面を含めた書類が広げられていて、莉子はその中に自分の手掛けた図面を見つけた。

それは先日ＫＳデザインに競り負けたコンペの資料だった。

すでに終わったコンペ資料を広げて二人でなにを話していたのだろうと首をかしげていると、その図面を弘樹が取り上げた。

動きにつられて彼を見ると、弘樹は莉子の描いた図面に視線を落として静かに笑う。

ただそれだけのことに、莉子の胸が大きく跳ねる。

詳しくはわからないが、彼は仕事としてこの場にいるのだ。

頭でそれがわかっていても、人間そこまで器用にはなれない。

意識しないようにと努力すればするほど、どうしてもあの日のことを思い出してしまう。

「さて、早速本題なんだが……」

莉子の動揺に気付かない神田は小さく咳払いをして居住まいを正し、本題を切り出した。

「実はＫＳデザインさんから、先日のコンペの案件を共同事業にしないかという提案を受けてね」

「え……？」

想定外の言葉に、莉子は目をパチクリさせて神田を見た。

この前のコンペで提案されたＫＳデザインのデザインは、周囲の景観とのバランスが絶妙で、競り負けた莉子でさえ完成が楽しみに思えるものだった。

なのに何故、共同事業を提案するのかと首をかしげる。

そんな莉子の考えを察したように、弘樹が言葉を引き継いで説明し始めた。

「先方より、内装をもう少し女性好みの柔らかい印象のものにしてほしいと要望を受けてね。ヒヤリングをした結果、実は内装に関しては神田デザインさんのものがよかったと言われたんだ。それならいっそのこと、共同事業にしてはどうかと提案させてもらった」

「え……でも……」

思いがけない弘樹の話に戸惑っていると、神田が言葉を重ねる。

「あのコンペで、内観のデザインを担当したのは小日向君だ。だからこの提案を受けるかどうか、君の意見を聞いてから決断したくてね」

そして、もし莉子がKSデザインの提案を受けるのであれば、仕事に応じて彼の会社に出向く必要があるので、その際の勤務形態や指示系統について説明された。

その話しぶりから察するに、神田の中では、この共同事業は決定事項のようだ。

「私が……受けてもいいんでしょうか？」

「その言い方だと、君は他に適任者がいると思うのかい？」

思考が追いつかず胸に浮かんだ感情をそのまま口にした莉子に、そう問いかけたのは弘樹だ。

「えっと……確かに、内装を担当したのは私ですが、今回のデザインは先輩との共作で、代表は先輩なので……」

先ほどの雨宮の不機嫌な様子を思い出すと、つい尻込みしてしまう。

先輩である彼を立てるべきではないかと思う一方で、彼に内装を任せてもクライアントの要望を満たす結果にならないこともわかっている。どうしたものかと悩む莉子に向かって、弘樹は挑発するように口角を持ち上げた。

「君は、そんなふうに誰かの背中に隠れなきゃいけない仕事をしているのかな？」

「それは違いますっ」

弘樹には及ばないかもしれないけど、莉子だって自分ができる精一杯の仕事をしているつもりだ。

咄嗟《とっさ》に言い返した莉子に、弘樹はそれでいいと頷く。

「誇れる仕事をしていると自信を持って言えるなら、遠慮などせずはっきり自己主張した方がいい。そうしないと、未来には繋がらない」

どこまでも強気な表情を浮かべる弘樹の顔が、先日莉子に間違った意見に無理して合わせる必要はないと諭《さと》してくれた姿に重なる。

それに賛同するように、神田が言う。

「僕としても、小日向君の成長のためには、この提案は受けた方がいいと考えている。ウチとKSデザインさんは、仕事の規模や取引先の傾向が似ている。少しでも多くの人に小日向君の存在を知ってもらえるいい機会だ。どれだけ優れた仕事をしても、存在を知ってもらえなければ次の仕事に繋がらないからね」

その意見に頷いた弘樹は、手を伸ばして莉子の描いた別の図面を自分のもとへ引き寄せる。

それは、内装の壁を漆喰《しっくい》塗《ぬ》りにしてところどころに鏝絵《こてえ》で親会社のエンブレムを入れておき、利用客に探す楽しみを持ってもらってはどうかと提案したものだ。

漆喰《しっくい》の色味や、照明の角度などの説明と共にそういった案が書き込まれた図面を眺め、弘樹は優しく笑う。

その表情は、昨年、現地視察で偶然遭遇した彼が見せた表情に似ている。

黄昏時《たそがれどき》の街に視線を向ける彼の姿は、映画のワンシーンのような美しさがあった。

あの時と同じ眼差しが自分の図面に向けられているのを見て、莉子の覚悟が決まっていく。

――この人に認めてもらえる仕事がしたい。

自分の感性を信じるのであれば、その一言に尽きる。

ＫＳデザインとの仕事は、間違いなく自分の成長に繋がる。

それがわかっている上に、尊敬する神田も背中を押してくれるのだから、誰に遠慮する必要もない。

「やらせてください！」

身を乗り出すようにして宣言した莉子の言葉に、弘樹が一瞬、嬉しそうに微笑む。でもすぐに表情を引き締め、経営者の顔を見せた。

「じゃあ、決まりだ」

立ち上がった弘樹が、再び右手を差し出し握手を求めてくる。

それに応《こた》えるため、莉子も立ち上がって彼に手を伸ばした。

大きな図面を広げる場合に備えて、会議室のデスクは幅広なものが使われている。だから小柄な莉子は、背伸びをして身を乗り出さないといけない。

そんな莉子の手を、弘樹は強く握り返してくれた。

◇　◇　◇

十分に熱した鉄板の上に肉を置くと、滴《したた》る脂《あぶら》に引火して一瞬火柱が昇った。すぐに炎の勢いは治まり、代わりに香ばしい匂いが広がる。

「小日向さん、肉はよく焼く派？」

そんな声に視線を向ければ、テーブルに左手で頬杖をつきつつ、右手でトングを扱う弘樹と目が合った。

「えっと、ある程度しっかり焼いた方が、安心して食べられます」

莉子の返答に向かいに座る弘樹は「なかなかお店の人に失礼な意見」と笑い、トングで肉の焼き具合を確かめる。

そのなんとも楽しげな表情を盗み見る莉子は、これはどういう状況なのだろうかと考える。

神田デザインで再会した弘樹に共同事業を提案されて、感情に突き動かされるようにその話を受け入れた。

改めて握手を交わした直後、急に恥ずかしくなって手を引っ込めようとしたら、弘樹がなかなか手を離してくれなくて戸惑った。

そんな調子でこの先大丈夫だろうかと頭を抱えたくなっていたら、どういうわけかその日のうちに彼と二人で食事に行く運びとなってしまったのだ。

正しく説明すれば、共同事業のお祝いと懇親会を兼ねて食事に行こうと言い出した神田が、店を予約した後で他の予定を思い出した結果、莉子と弘樹の二人で行く流れとなった。

「俺は、軽く焼いた程度の肉が好きだけどな」

弘樹は、楽しげに肉を焼く。

長身の彼は、下引きダクトが邪魔なのか、テーブルに対して椅子を斜めに置き、長い脚を持て余すようにして座っている。

ちなみに後輩である莉子が肉を焼くと申し出たのだが、自分が焼いた方が美味《おい》しく焼けると断られてしまった。

「日本の牛は、脂《あぶら》が乗ってるな」

弘樹はトングを側に置き、グラスのビールに口をつけた。

「加賀さんは、以前はイギリスで暮らされていたんですよね」

何気ない呟きに、神田から聞いた話を思い出す。

莉子の言葉に、グラスを空《から》にした弘樹が懐《なつ》かしそうに目を細める。

「イギリスは面白い国だよ。歴史的建築物と近代的建築物が乱立していて、それが不思議なくらい馴染んでいる。それほど国土が広いわけでもないのに、地形が入り組んでいるからか、地域によって建築方法がまったく違うんだ。電車で移動する時なんか、絵本のページを捲《めく》るように窓の向こうの景色が変わっていくから、何度見ても飽きない」

「ヴァナキュラー建築のいい勉強になりそうですね」

腕を伸ばして空《から》になったグラスにビールを注《つ》ぐ莉子の言葉に、再びトングを手に取り肉を裏返した弘樹が嬉しそうに頷く。

ヴァナキュラー建築とは、その土地の資材を利用して、その土地の気候や立地に合った建築構造で職人が建てたものを言う。

日本で言うところの大工さんのような職人は、家業として代々同じ土地に暮らして幾つもの家を建てていく。

その中で、快適に暮らすために必要な建築のルールや知恵を経験で会得《えとく》していくのだ。

そうした知識の多くは、親から子、子から孫へと口伝《くでん》や暗黙知識として継承されている。そのため、書物だけでは知識を得ることが難しく、現地に赴《おもむ》いてその場に暮らす人たちと交流を持って初めて学べることも多い。

羨《うらや》ましがる莉子に、弘樹はイングランドの南西部だけでも、サマセット、デヴォン、コーンウォールの三カウンティで違いがあることなどを話してくれた。

彼の話に目を輝かせて聞き入っていると、焼き色を確かめて莉子の皿に肉を置くついでといった感じで、現存するイギリスの城には幽霊が出るものが数多くあるのだと教えてくれる。

「幽霊……」

首の動きで肉のお礼を告げる莉子は、つい顔を顰《しか》めてしまう。

「なんだ、幽霊は嫌いか？」

次の肉を網に置きながら、弘樹が聞く。

「だって、怖いじゃないですか。幽霊」

至極当然のこととして頷くけれど、弘樹はそうではないらしい。

彼はイギリスで暮らしていた頃、わざわざ幽霊の出る城を見て回ったことがあると言う。現地には、そういう人のためのガイドもいるそうだ。

お城に限らず、イギリスには幽霊が出ると噂されるパブやアパートメントが多くあり、そういった曰《いわ》く付きの物件は人気なのだとか。

「積極的に事故物件に住みたがる人の気持ちがわからないです」

ちょうどいい焼き具合の肉を食べながら、莉子が唸《うな》る。

「小日向さんの価値観では、歴史ある城も事故物件扱いか」

弘樹は楽しそうに笑い、またビールを飲む。

そんな彼の左手薬指には、今日も指輪が鈍い輝きを放っている。

莉子はそっと視線を逸らした。

「小日向さん、どうかした？」

急に黙り込んだ莉子を気遣うように、弘樹が声をかける。

彼が楽しそうに語るイギリスでの思い出話には、もしかすると隣に奥さんがいたのかもしれないと想像して悲しくなったなどと、正直に言えるはずがない。

「あ、いえ、お肉の美味《おい》しさに心を奪われていました。……所長が、スイーツ以外にも美味《おい》しいお店を知っていたことにも驚いてます」

神田がグルメであることは承知しているが、ここはそういうことにして、さりげなくお勧めのスイーツ情報に話を替える。

彼のことをもっと知りたいけれど、他の女性との思い出は知りたくない。そんな複雑な女心が交差して、薄氷《はくひょう》を踏むような思いで話題を探す。

「そういえば、共同事業について他のスタッフの反応はどうだった?」

当たり障りのない会話を交えて食事を続け、網の交換を待つタイミングで弘樹がそう言葉を投げかけてきた。

「あぁ……」

莉子は椅子の背もたれに背中を押し付けて網の交換作業を見守りつつ、弘樹が帰った後の事務所の様子を思い出す。

弘樹が帰った後、スタッフが揃うのを待って、所長がKSデザインからの共同事業の提案を受けることにしたと説明した。話を聞くなり、案の定雨宮は不満を露《あら》わにした。

雨宮は「KSデザイン、何様のつもりだよ! こっちに仕事を振るなら、最初からコンペに参加するな！」「内装だけ任せたいって、外観を担当した俺への嫌がらせかよ」と苛立ちを声にした後で、内装担当の莉子にも怒りをぶつけてきた。

共同事業に参加する莉子を「断るのが常識だろう」と暗になじる雨宮を見て、さすがに目に余るものを感じた先輩社員が注意してくれたが、彼は反省することなく、結局は早退してしまった。

「色々です」

網の交換が終わったタイミングで、莉子はそう答える。

「どうやら、反対意見もあったようだな」

莉子の表情でなにかを察したのか、網に手をかざしながら弘樹が言う。

網が温まるのを待つ間、ビールでもどうぞといった感じで、ほとんど手付かずの莉子のグラスにビール瓶《びん》の口を向けてくるので、慌てて半分ほどグラスを空《あ》けて差し出す。

「すみません」

黄金色《こがねいろ》の液体が、泡立ちながらグラスを満たしていくのを見つめつつ、つい謝る。

ＫＳデザインの仕事でチャンスを貰っただけに、申し訳ない気持ちになる。

そんな莉子に、弘樹が「君が謝ることじゃないだろ」と小さく笑う。

「価値観は人それぞれだ。誰にも誰かの心を支配することなんてできないんだから、しょうがないさ。だから俺は、自分が正しいと思う感覚を指針に、進む方角を決めることにしている」

そう話しながら、弘樹は網の上にタンを一枚置く。

迷いのない彼の言葉に「加賀弘樹という人は、こういう人なのだ」としみじみと思う。

自分とは異なる他者の意見にちゃんと耳を傾けるけど、それによって自分の軸がぶれることはない。

堅牢でいて風通しのよい彼の思考回路は、そのまま彼が描く図面にも反映されている。

「加賀さんの強さを、尊敬します。私なんて、自分の感情さえままならないから」

肩をすくめる莉子の目は、無意識に弘樹の左手を捉《とら》えていた。

彼は一般論として話しているだけなのだろうけど、自分の視線一つ思うようにコントロールできない莉子としては、ついあれこれ考えてしまう。

弘樹だったら、たとえ道ならぬ恋をしたとしても、自分のその思いを貫き通すのだろうか。

――そもそも加賀さんが、そんな状況に陥《おちい》ることはないか。

網の上でゆっくりと色を変えていくタンを眺めていると、弘樹はトングでそれを軽く持ち上げ
「もう少し、熱くなってからの方がいいな」と呟く。

そしてその視線を莉子へと向ける。

「君を失恋させた男のことを、今でも思ってる？」

あの日のことはなかったことにしたはずなのに、不意に話を蒸し返された莉子は、動揺して誤魔化すこともできずに「はい」と頷く。

バカ正直に答えた自分を一瞬後悔したけれど、そういえば弘樹には、別の男性に失恋したと話し

ていたと思い出す。

それならば、せめて彼の知らない誰かの話として、この思いを口にすることを許してほしい。

「今でも、すごく好きです。簡単に忘れられるはずがありません」

顔を合わせることがなくても、忘れることができなかったのだ。これから仕事で顔を合わせることが増えれば、彼を思う恋心はますます大きくなるだろう。

しかし、彼にその思いを告げるつもりはない。

切なさと愛おしさを凝縮させた莉子の言葉に、弘樹は視線を落として「そう」と呟いた。

それっきり、タンを焼くことに集中している。

彼にとっては、手持ち無沙汰からなんとなく聞いただけのことかもしれない。

だけど莉子は、彼のその言葉で二人の温度差を自覚してしまう。

――まいったな……

自分から一晩だけの関係と線を引いたくせに、心のどこかで、彼が再びその一線を越えて自分を求めてくれることを願っている。

自分はいつからこんな浅ましい人間になったのだと、我ながら呆れてしまった。

「どうかしたか?」

沈黙を持て余したように弘樹が聞く。

一瞬だけこちらに向けた視線を、彼はすぐに網へと戻す。

この質問も、彼にとっては大したことない社交辞令なのだろう。

でも、そのくらいがちょうどいい。

莉子はあくまでも彼以外の誰かを思っている体《てい》を装《よそお》って、胸に秘めた本音を口にする。

「誰かを好きになるって、都市整備に似ていますよね」

「……？」

莉子の言葉に興味を持ったのか、弘樹は片眉だけを器用に持ち上げてその先の説明を求める。

彼の何気ない仕草にも、不毛な恋心を抱《いだ》く胸は情けないほど簡単にときめいてしまう。

「私、大学から地元を離れているんですけど、ちょうど地元を離れた頃から駅周辺の大がかりな整備工事が始まったんです。この間、久し振りに里帰りしたら、駅周辺の景観が一変していました。最初は違和感しかなかったはずなのに、新しい状況に目が慣れると、それ以前の景色がうまく思い出せなくなるんです」

莉子の言葉を聞いた弘樹が、なにかに少し思いを巡《めぐ》らせてから、納得するように「……ああ」と頷いた。

「言われてみたら、そうかもしれないな」

弘樹のその言葉に、莉子はコクリと頷く。

「だから誰かを好きになったら、もうそれより前の自分には戻れないんです」

弘樹のことを雲の上の存在と思っていた頃は、彼が既婚者かどうかなんて気にならなかった。

それなのに黄昏時《たそがれどき》のあの日、偶然遭遇した彼と言葉を交わしたことで芽生えたくすぐったい感情は、先日肌を重ねたことで明確な恋心へと成長し、莉子の心にしっかりと根を下ろしてしまった。

だからもう、ただ彼に憧れていた頃の自分には戻れない。

「その気持ち、よくわかるよ」

莉子の言葉を噛みしめるように、弘樹が呟く。

そしてなにかを考え込むようにビールを口にした。

◇◇◇

莉子との食事を終えた弘樹が、その足で実家に顔を出すと、家政婦の北村《きたむら》が出迎えてくれた。

「お帰りなさいませ。今日は夕食の準備は不要とのご連絡を受けておりますが？」

北村が、さりげなく夜食が必要か確認してくる。

通勤の利便性と互いのプライバシーを守るため、一応独立して都心のマンションで一人暮らしをしているが、予定のない週末は実家で過ごすことも多い。

「食事は済ませてきた。だから北村さんは、少し早いけどもう終わってもらって大丈夫だよ」

コートとジャケットを脱ぐついでに腕時計に視線を走らせて弘樹が言う。

時間は夜九時前。

通いの家政婦である北村は、いつも夜九時に帰る。

「時間まで、お世話させてくださいな」

北村はそう言って、弘樹の手から脱いだばかりのコートとジャケットを預かろうとする。

長年この家に仕えてくれている彼女は、すでに還暦《かんれき》を過ぎており、いつまでも世話をかけるのも申し訳ないと思う。

「帰っても暇なだけですから、仕事を取り上げないでください」

そんなふうに微笑まれると断れなくなる。

「それではお言葉に甘えて」

弘樹がそう言うと、北村は嬉しそうに手を差し出す。

コートとジャケットを預かった北村は、それに顔を寄せスンッと鼻を鳴らす。

「少し匂いがついているようですが」

かなり空調に配慮している店だったが、それでも完全には匂い移りを防げなかったらしい。

「仕事関係の人と、焼き肉を食べてきたから」

そう答えると同時に、耳の奥で莉子との会話が蘇《よみがえ》る。

莉子と交わした何気ない言葉の一つ一つを、愛おしく思う。

「スーツはクリーニングに出しておきますね。朝一で預ければ、夕方には戻ってきますから」

「あ、いや……」

「どうかされましたか？」

思わず声を漏らした弘樹に、北村が怪訝《けげん》な顔をする。

香りと一緒に莉子の気配が消えてしまうような気がしてクリーニングに出すのを躊躇《ためら》ったなど、恥ずかしくて言えるはずがない。

――咄嗟《とっさ》にそんなことを考えるとは、かなりやばいな。

いい年した男がなにを考えているんだと、首を軽く振ってその思いを振り払う。

「なんでもない。任せるよ」

弘樹は北村にそう声をかけて、リビングへ足を向けた。

「戻りました」

手入れの行き届いた坪庭を視界の端に捉《とら》えながら広い廊下を進んだ弘樹は、そう声をかけてリビングの扉を開けた。

その気配にソファーで書類を読んでいた父の哲郎《てつろう》が顔を上げる。その動きにリンクするように、母の世志乃《よしの》が「お風呂いただいてきます」とリビングを出ていった。

息の合った両親の動きに、弘樹は頭を仕事モードに切り替える。

「なにかトラブルでも？」

そう言って近付く弘樹に、哲郎は手にしていた書類を差し出した。

「すまんが、少し助言を貰えるか」

その言葉に頷いて、父の座る三人掛けのソファーと直角に配置された一人掛けのソファーに腰を下ろし、受け取った書類に視線を走らせる。

現在手掛けている海外事業の舵取りについてのもので、加賀設計の専務を務める父は、社長に報告する前に根回しをしておきたいことが幾つかあるらしい。

一通り書類を確認した弘樹は、軽く目頭を揉んで考えを纏《まと》めていく。

そうしながらチラリと視線を向けると、父は神妙な顔でこちらの回答を待っていた。

哲郎は、弘樹の祖父であり加賀設計の社長である秀幸が、人柄を見込んで娘婿に迎え入れた人間で、今日まで祖父の期待を裏切らずしっかりとその役割を果たしている。

それはなにも、将来的に秀幸に代わる見事なリーダーシップを発揮するといったことではない。不要な野心を抱《いだ》くことなく、控えめでありつつも卑屈《ひくつ》にならず、己の分《ぶ》をわきまえて補佐役としての職務を果たすことだ。

大きな組織を束ねるためには、絶対的な指導者だけでは足りない。

常に脚光を浴びる者では気付くことができない細部に気を配り、調整役を務める名番頭が必要になる。

そういう意味で、父の哲郎はその役目を十分に担《にな》っていた。

秀幸の引退が視野に入ってきた最近では、哲郎は父親の威厳にこだわることなく、弘樹に意見を聞くことが増えている。

そうすることで秀幸や社員に、自分は社長の座に就《つ》く気はないことを示したいのだろう。都内に実家のある弘樹がわざわざ一人暮らしをしている理由の一端に、そんな父への気遣いもあった。

そこだけ聞けば、婿養子である哲郎がいいように使われていて、気の毒な存在に思えなくもないが、本人はその立場に満足しているそうだ。

馴れ初《そ》めがどうであれ両親の仲はよく、哲郎に言わせると、加賀設計の社長という重責を担《にな》うよりも、夫婦二人でゆっくり過ごす時間を早く持ちたいのだという。

「……なるほど。そうさせてもらうよ」

弘樹の話に真摯《しんし》に耳を傾ける哲郎は顎《あご》をさすって頷く。

そんな父に書類を返した弘樹は、資料を読み込んでいる途中に北村が持ってきてくれたお茶で唇を湿らせる。

気が付けば時間は夜の十時を過ぎていた。お茶を運んできたきり北村の気配を感じないので、今日はもう帰ったのだろう。

それと共に、風呂に行った母の姿も見ないので、哲郎に気を遣って先に寝室に上がったのかもしれない。

父が弘樹に仕事の相談をする際、母は必ずその場を離れるようにしている。

「世志乃は、優しいからな」

なんとなく寝室がある二階に視線を向けると、その視線を追いかけて哲郎が言う。

「母さんが優しいのは、父さんと北村さんにだけだよ」

別に世志乃は、夫の三歩後ろを歩く控えめな女性というわけではない。

独身時代は父である秀幸の秘書を務め、子育てが一息ついた頃から加賀設計の子会社でそれなりの地位を任されている彼女は、言いたいことはハッキリ伝える性格をしている。しかも血の繋がりがある分、社長の秀幸にもかなり遠慮がない。

もちろん息子の弘樹に対しても同様だ。

そんな母も、父にだけは別な側面を見せる。なにかと気遣い、言葉を選んで接する母の姿は、息子の目から見ても恋する女性の顔をしているとわかる。

その辺は哲郎も承知しているので「まあ、夫婦だからな」と照れくさそうに笑う。

息子として、両親の仲がいいのはなによりだ。小さく頷いた弘樹がお茶を啜《すす》ると、哲郎の表情が若干険しくなる。

「……？」

どうかしたかと哲郎の視線を追うと、湯呑みを持つ自分の左手に視線がいく。

それだけで父の言いたいことがだいたいわかって口角を下げる弘樹に、哲郎が渋い顔で言う。

「そんなもの、まだしているのか？　それのせいで、私も周りに弘樹の嫁はどんな人か聞かれることがあるぞ」

「ああ……」

湯飲みを茶托に戻した弘樹は、自分の左手の指輪を確認する。

「社長も、お前がふざけてそんな指輪をしているから、縁談も纏《まと》まらないと不快に思っているようだ」

その言葉に、内心閉口する。

女性に関する面倒事を避けるために着用し始めた指輪だが、図らずもそれのおかげで祖父の進めようとしていた見合い話が頓挫《とんざ》したというのは、嬉しい誤算である。

相手は祖父と懇意にしている都市銀行頭取の孫娘だったらしいが、女子校育ちの彼女は大変純粋な分思い込みも激しく、指輪が招いた諸々の噂を事実として受け取り、あれこれ想像したようだ。結果、内縁の妻がいる弘樹と結婚しても、自分は蔑《ないがし》ろにされるだけで幸せにはなれないと嘆き、縁談を辞退してきたそうな。

そんな事情もあり、最初は試しにつけただけにすぎなかった指輪を今も使い続けている。

祖父はそれが面白くないらしく、最近やたらと弘樹にそろそろ加賀設計に戻り、自分の下で経営者としての心構えを学べとうるさい。

弘樹としては冗談じゃない。

そんなことをすれば、祖父の見初《そ》めた相手と見合いをし、結婚させられるに決まっている。

加賀設計の創業家の人間として、将来的に会社を背負《しょ》って立つ覚悟はある。だけど今はまだ、K

Sデザインで自由に好きな仕事をさせてほしい。

それに会社経営は時代と共に変化していくものだ。学ぶべきところは学ぶが、祖父のやり方をなぞる気はないし、弘樹としては多少痛い思いをしても、自分の進む道は自分で切り開いていく方が性に合っている。

「おじい様には、『アイツなりに考えがあるようだから、今は見守ってほしい』と伝えてください」

勝手に伝言を押し付けられ、哲郎が心底嫌そうな顔で肩をすくめる。

「社長なりに、お前のことを心配しているんだよ」

その結果、望んでもいない見合いを勧められては堪《たま》らない。

「会社はそのうち継ぎますが、会社のために勧められる結婚は遠慮願います」

両親のあり方を否定するつもりはないが、それでも父が優秀な商社マンだったことを知る身としては、その人生の選択に本当に後悔はないのか聞いてみたくなる。

加賀設計の名番頭を務める父は、決して凡庸《ぼんよう》な人ではない。立派な経営者になり得る十分な才能を持っているのに、母と結婚するために、その可能性を捨てたことに後悔はないのかと考えてしまう。

もし自分が父の立場にあったら、どれだけ好きな相手のためでも、己の人生を犠牲にする気にはなれないだろうし、相手を自分の人生に巻き込むのものびなく思う。

「誰もが、父さんと母さんのようにうまくいくわけじゃないですから」

ただ以前よりは、父の生き方を理解できる。

弘樹が莉子にならら指輪の真相を知られてもいいと思ったのと同じように、父は自分の可能性を犠牲にしてもいいと思えるくらい母を愛していたのだろう。

そんな弘樹に、自分の分のお茶を飲みながら哲郎が言う。

「結婚は好きにすればいいさ。ただ指輪はな……」

どうにも理解できないと、哲郎は大袈裟《おおげさ》に口角を下げる。

そんな父に苦笑いを返して、弘樹は再び左手の指輪に視線を落とす。

——独身だとは伝えたけれど、どうも信じてもらえてないようだ。

肌を重ねた翌日、彼女は弘樹が既婚者で後腐れがないから一夜を共にしたと話した。

そう聞かされても、不思議と少しも腹が立たなかった。

それどころか、他の男の代わりでもいいから、側にいさせてくださいと懇願したいくらいだった。

女性相手に、そんな捨て身な感情を持つのは初めてだ。

『誰かを好きになったら、もうそれより前の自分には戻れないんです』

耳の奥に蘇《よみがえ》る莉子の声がくすぐったくて、無意識に耳たぶを揉む。

——まったく彼女の言うとおりだ。

自分はもう、彼女を好きになる前の自分には戻れない。

莉子のことを考えて黙り込む弘樹に、哲郎はやれやれといった感じでため息を吐く。

「ほどほどにな」

飲み終えた湯飲みを片付けるべく立ち上がった弘樹は、父に「わかってます。あともう少しだけ見守ってください」と返してリビングを後にした。

4　王子様の危険な誘惑

弘樹と二人で食事に行った日から五日。莉子は、ＫＳデザインのオフィスを訪れていた。

神田からは、ＫＳデザインの規模は神田デザインより少し大きい程度と聞かされていたが、実際に訪れてみると、所長の言葉が見栄だったのではないかと考えてしまう。

ＫＳデザインがあるのは高層ビルが建ち並ぶオフィス街の一等地ともいえる場所。加賀設計が所有するビルのワンフロアをまるごと事務所として使っており、スタッフの人数も確実に神田デザインの倍はいそうだ。

受付で出迎えてくれたスタッフに用向きを伝えると「えっ！」と小さく驚かれ、頭の上から爪先まで視線を巡《めぐ》らされた後、ぎこちなく微笑みを浮かべて案内してくれた。

その態度に居心地の悪さを感じてしまう。

確かに機能性重視で特徴のないパンツスーツに、髪もメイクも無難に纏《まと》めている莉子は、この洒落たオフィスに相応《ふさわ》しくない気がする。

――加賀さんの言葉に影響を受けて、前よりは色々気を付けているつもりなんだけどな。

だけど、対応してくれたスタッフがふんわりとした可愛らしい印象の子なだけに、自分の野暮ったさが恥ずかしくなってくる。

そうして案内された会議室は、神田デザインの倍は広く、全体的な雰囲気も洒落ていた。ついでに言えば窓からの眺めもいい。

――KSデザインが神田デザインより少し大きいだけなんて、絶対、所長の見栄だ。

先ほど胸に湧いた疑念を確信に変えつつ莉子が会議室で待っていると、ほどなくクライアントを案内しながら弘樹を始めとしたKSデザインのスタッフが部屋に入ってきた。

全員が席につくと弘樹が進行役を務めて、今回一緒に仕事をするスタッフと簡単な自己紹介を済ませ、打ち合わせが始まった。

クライアントも交えた打ち合わせの場ではあるが、今日は途中参加となる神田デザインの莉子との顔合わせが一番の目的ということもあり、話し合いは穏やかに進んでいる。

そのため雑談も多く、会話に耳を傾けながら莉子は弘樹の姿をそっと見つめた。

窓からは普段見上げるばかりの高層ビルが見下ろせて、それを背に座る弘樹は、まさしく未来を背負《しょ》って立つ建築界の王子様といった感じである。

莉子からしたら、KSデザインも立派すぎるほど立派なオフィスなのに、ここは大手ゼネコンである加賀設計の子会社にすぎないのだ。

弘樹は冗談を交えつつクライアントと今後のスケジュールや懸念される問題点について話し合っている。迷いのない彼の姿は凜々《りり》しく、この場にいる誰もが彼に信頼を寄せているのだとわかった。

その圧倒的な存在感は、これまでの実績からくる信頼と、加賀設計の後継者として持って生まれたカリスマ性の両方からくるものなのかもしれない。

——なんか、加賀さんが遠いな……

それは物理的な距離のことじゃない。

いつか彼に追いつけるような仕事がしたいと努力している莉子だけど、大手クライアントと対等に話し合い、よりよい方法を模索する彼の姿に越えられない格の違いを見せつけられた気がして、落ち込んでしまう。

まだまだ若手の莉子と彼では、これまでの経験値がまるで違うということはわかっている。

だけど少ない言葉からもクライアントの意図を汲《く》み取り、誰にどんな作業が適しているかを見極める彼の手腕には尊敬の念を抱《いだ》くことしかできない。

彼との実力差を目《ま》の当たりにすると、自分の目標はひどく不遜《ふそん》なものだったのではないかと恥ずかしくなる。

その上、彼に好意を寄せるなんて、身のほど知らずの高望みもいいところだ。

まして、そんな彼と一夜を共にしたなんて、もしかしたら自分に都合のいい妄想だったのではないかと思えてくる。

「——っ」

しかし、その疑念を覆《くつがえ》すかのように、彼の厚い胸板やたくましい腕、自分を求める荒い息遣いが脳裏に蘇《よみがえ》る。

封印したはずの艶《なま》めかしい記憶が、あれは現実の出来事だったと莉子に訴えかけてくる。

——仕事中になに考えてるのよ……

莉子は小さく首を振って邪念を振り払う。

それでも、顔に熱が上《のぼ》るのまではどうすることもできない。

「小日向さん、なにか疑問点でも？」

なるべく目立たないようにしつつ頬を叩いていると、弘樹が目ざとく気付いて声をかけてきた。

それにより、その場の全員の視線が一気に莉子に集中する。

建築界の王子様にクライアント、それに見るからに自分よりキャリアを積んでいそうなＫＳデザインのスタッフたち。そんな錚々《そうそう》たるメンバーの前で、淫《みだ》らな妄想をして赤面していたなんて言えるはずがない。

「な……なんでもないです」

注目される中、それしか言えない自分も、それはそれで恥ずかしい。

答えた莉子は、さっきとは異なる羞恥《しゅうち》で顔が熱くなる。

莉子が赤面して資料に視線を落とすと、周囲の関心はすぐに薄れ、そのまま打ち合わせが進んでいった。

「小日向さん、この後は？」

終始和《なご》やかに進んだ打ち合わせの後、クライアントを見送った莉子が帰り支度をしていると、弘樹に声をかけられた。

「一度、事務所に戻ります」

腕時計を確認した莉子が、そう返す。

時間は午後の四時過ぎ。直帰するには少し早いので、一度事務所に戻って神田に今日の報告をしてから帰るつもりである。

「そう。……頼みたいことがあるから、少し待っていてもらっていい？」

自分の腕時計に視線を落として時間を確認した弘樹が、そう言い置いて会議室を出ていった。

神田になにか渡してほしい物でもあるのだろうか。

彼の頼みを想像しつつ、莉子はＫＳデザインのスタッフが退室した後の会議室で彼を待つことにした。

十分後、弘樹はコートとビジネスバッグを手に会議室に戻ってきた。

「行こうか」

「え……？」

てっきりなにか渡されるものだと思っていた莉子に、弘樹は見せつけるように海外自動車メーカーのエンブレムが刻印されたキーケースを揺らした。

意味がわからずキョトンとしていると、弘樹は「送るよ」と言う。

「所長にご用でも？」

「……？」

神田デザインに行く用があって、そのついでに送ると言ってくれているのだろうか。

弘樹はこちらの言っていることが理解できないと言いたげに軽く首をかしげつつ、視線で莉子を促《うなが》して会議室を出ていった。

仕方なしに莉子も荷物を抱えて彼の後を追う。

「持つよ」

ＫＳデザインのオフィスを出てエレベーターに乗り込むと、弘樹が莉子からバッグを取り上げる。

「あ、大丈夫です」

咄嗟《とっさ》にそう言って取り返そうとしたが、腕を伸ばしてバッグを遠ざけられて自然と彼の胸に飛び込むような姿勢になってしまう。

「積極的だな」

片手に自分の荷物を持ち、もう一方の腕を伸ばして莉子のバッグを引っ提げた弘樹が、莉子をからかってくる。

「違いますっ」

赤面する莉子は、慌てて身を引いて距離を空《あ》けた。

どうやってバッグを取り戻そうかと、恨めしげな眼差しを向ける莉子に向かって、弘樹は澄ました顔をした後、声を出して笑う。

悪戯《いたずら》を成功させた子供のような彼の表情に、莉子はつい唇を尖らせてしまう。

「なんだか、さっきまでと別人みたいです」

先ほどの打ち合わせで、弘樹に距離を感じていただけに、こんな表情を見せられると反応に困る。

莉子の言葉に、弘樹は澄ました顔のまま「別人だから」とこともなげに言う。

「え？」

「あそこで周囲が求めているのは、加賀設計の後継者候補でKSデザインの社長である俺だ。プライベートの俺とは違って当然だろう？」

つまり莉子と二人きりの今は、弘樹にとってプライベートの時間ということだろうか。

そんなことを考えた時、エレベーターが地下に到着した。

チンッと小さく澄んだ音と共に扉が開くと、弘樹は莉子のバッグを引っ提げてエレベーターを降りていく。

その背中を追いかけると、地下駐車場を慣れた足取りで歩く弘樹は、一台の高級車の前で足を止めた。

滑《なめ》らかな車体のパールホワイトのセダンは、彼がドアレバーに触れただけでロックが解除される。

――すごい人なのは承知していたはずなのに……

彼の車を前にして、つい気後れしてしまう。

弘樹はそんな莉子に構うことなく後部座席のドアを開けて、持っていた荷物を纏《まと》めて載せてしまう。

「乗って」

そして、助手席のドアを開けた弘樹が莉子に言う。

「あの……事務所まで送ってくれるということでしょうか？」

先ほどの会話から、今のこの時間が彼にとってプライベートであるなら、彼が莉子を送る理由がわからなくなる。

莉子が車から少し離れた位置で動かずにいると、歩み寄ってきた弘樹に手を取られた。

驚いて顔を上げると、弘樹が困ったように肩をすくめる。

「少し、話がしたいんだ」

「話……ですか？」

訝《いぶか》る莉子に、弘樹が頷く。

「今日の小日向さんの態度に思うところがあって」

弘樹の言葉に、莉子は奥歯を噛む。

今日の顔合わせでは、場の空気に呑まれて、彼に話を振られてもろくな返答ができなかった。その自覚があるだけに、返す言葉がない。

きっと弘樹は莉子に配慮し、人の目のない場所で注意をするつもりなのだろう。

そう理解した莉子は、「すみませんでした」と小さな声で謝って彼に手を引かれるまま車に乗り込んだ。

「別に謝ることじゃないよ。ただ俺が小日向さんのことが気になって、話をしたいと思っただけだ」

なにか含んだような言い方に、そうじゃないとわかっていても胸がざわつく。

複雑な思いを抱えて莉子が顔を上げると、弘樹は助手席に上半身を入れ、莉子のシートベルトを留めてくれた。

いやが上にも二人の体が密着する。

「悪いな。俺は自分の感情には従う主義なんだ」

そんなことを囁《ささや》かれながらシートベルトの金具を留められて、なんだか違う意味にも聞こえるから緊張してしまう。

弘樹はそんな莉子の顔を見下ろし、ニッと笑って運転席に回り込んだ。

「単刀直入に言わせてもらうが、今日の君は君らしくなかったな」

運転席に乗り込んだ弘樹は、すぐに車を走らせることなくそう切り出した。

その言葉に莉子が唇を噛んで俯《うつむ》くと、弘樹はハンドルに腕を預けて柔らかな口調で言う。

「俺の知る小日向さんは、なんていうかこう……伸びやかな水彩画のようなイメージなんだ」

弘樹の口調に、莉子を叱る感じはない。

本当に自分の思っていることをそのまま口にしている感じだ。

「伸びやかな水彩画？」

それはどういうことかと、莉子は彼の言葉を繰り返す。

「そう。素直な感性の持ち主で、好きな仕事に全力で取り組んでいるのが伝わってくるから、見ていて心地よかった。だけど今日の君は、すごく居心地が悪そうで見ていて気になった」

そう言って残念そうな顔をした弘樹は、じっと静かに莉子の言葉を待つ。

自分に向けられる弘樹の眼差しは優しく、莉子を気遣ってくれているのだとわかる。

彼の纏《まと》う穏やかな空気が、莉子の緊張を解いていった。

「なんて言うか、急に自分の至らなさが恥ずかしくなって……」

「至らない？　なにが？」

弘樹は不思議そうに目を瞬《またた》かせる。

「その、努力すれば、いつか加賀さんに追いつけるとか言った自分は、己の身の丈《たけ》をまったく理解していなかったな……とか、あの場で私だけが浮いているな……とか」

彼の自然な表情に、莉子はついそんな弱音を口にする。

今回の共同事業が決まってからずっと弘樹の事務所に行くのを楽しみにしていたのに、いざ訪れてみれば、オフィスに飾られているトロフィーの数や、手掛けた作品と思われる建築模型のデザイン性の高さに圧倒されてしまった。

その上クライアントもＫＳデザインのスタッフも全員お洒落で、仕事ができる感じの会話にも圧倒され、自分がひどく場違いな存在に思えていたたまれなかったのだ。

「なるほど……」

莉子の話を黙って聞いていた弘樹は、軽く頷いて姿勢を直す。

そしてスマホを取り出すと、どこかに電話をかけ始めた。

「あ、神田さん？　加賀です。ええ、今日はどうも……」

弘樹の言葉から、すぐに電話の相手が誰かわかった。

なにを言うのだろうと見守る莉子の前で、弘樹は神田に、勉強のために莉子を連れていきたい場所があるので、今日は直帰させていいかと確認する。

「さて、じゃあ行こうか」

神田の了承を取り付けた弘樹は、スマホをしまうと車を発進させた。

「どこに行くんですか？」

漏れ聞こえた会話から、彼が自分になにかを学ばせるつもりでいることはわかった。

弘樹は、チラリと莉子に視線を向けて、悪戯《いたずら》っ子のような笑みを浮かべる。

「君はどこに行きたい？」

「えっ……？」

ここは、自分の希望をちゃんと口にするべきだろうか。

正しい答えを考えて難しい顔をする莉子を見て、弘樹が声を出して笑う。

「あの……もしかして私、からかわれてますか？」

なんだか遊ばれている気がして、考えるのを放棄して聞いてみる。

「ちょっと違うかな」

駐車場の中を徐行させていた弘樹は、ウインカーを出して車道に合流する。車道に出てすぐに、今度は車を左折レーンに移動させた。

迷いのないそのハンドルさばきから察するに、彼には明確な目的地があるらしい。

弘樹の運転する車はビジネス街を抜けて、洒落た商業施設が隣接する場所を進んでいた。

「さっきの話を聞いて、思うところがあってね。俺の目から見ても、今日の小日向さんはひどく萎《い》縮《しゅく》しているように見えた。だからね……」

それ以上の説明をすることはなく、弘樹は車を走らせ続け、有名ブランドが多く軒《のき》を連《つら》ねていることで知られている商業施設内のパーキングに車を入れる。

「もしかして視察ですか？」

洒落たデザインの建物が多いため、そう推察する。

空《あ》いていたスペースに車を停車させた弘樹は、それには答えず莉子を促《うなが》して車を降りた。

その際、後部座席のバッグから筆記用具を準備しようとした莉子に、弘樹が「スマホだけでいいよ。これから荷物が増えるから」と声をかける。

彼の指示に従い、莉子はスマホだけ持って弘樹を追いかけた。


駐車場を出た弘樹は、莉子を連れて商業施設へと入っていく。

ここまでまったく迷いのない足取りで莉子を連れてきた弘樹だけど、施設に入ったところで、一旦テナントを紹介する掲示板の前で立ち止まる。

すぐに目的地に目星をつけたのか、小さく頷くと莉子に目配せして歩き出す。

そうして莉子を連れてきたのは、女性向けのビジネスアイテムに主軸を置くファッションブランドの店だった。

その店の品揃えを確認した弘樹は、店員に声をかけた。

「彼女の魅力を引き立てる服をとりあえず五着ほど見繕《みつくろ》ってほしい」

近付いてきた店員に、弘樹は莉子の肩を引き寄せて、どういったテイストの物が望ましいか矢継ぎ早に伝えていった。そして最後に、「支払いはこれで」と自分の財布から取り出したクレジットカードを店員に預ける。

カードを預ける際、これから頻繁《ひんぱん》に使わせてもらうから、莉子からの支払いは絶対に断るようにと念を押すことを忘れない。

「加賀さん、これはどういうことですか?」

迷いを見せない弘樹の手際のよさにあっけに取られていた莉子は、ハッとした表情で弘樹の動きを止めようとした。

だけど弘樹は悪戯《いたずら》な笑みを浮かべるだけで、莉子の制止を聞く気配はない。

「この後、靴や化粧品も選ぶから、あまり時間をかけないように。会計が済んだら電話してくれ」

弘樹はひらりと指を踊らせ、「俺の時間は安くないから、あまり待たせるなよ」と、冗談っぽく付け足して店を出ていってしまう。

「ちょっと待ってくださいっ！」

慌てて弘樹を追いかけようとしたが、カードを預かった店員が「それでは」と、にこやかに莉子の腕を掴む。表情こそたおやかだが、腕に食い込む彼女の指の強さに莉子は逃げられないことを理解した。

そのまま莉子は、店員に腕を引かれフィッティングルームへ案内されたのだった。

「なんか、疲れているな」

再びハンドルを握った弘樹が、助手席に座る莉子を見てクスクス笑う。

彼に商業施設を連れ回されている間に、外はすっかり夜になっていたので、窓に視線を向けていても弘樹の顔が視界に入る。

窓ガラスに映る彼は、やはり端整な顔をしている。それに自然と人を引き付ける魅力があるから、莉子は心を囚《とら》われてしまう。

――なんだか、いいように加賀さんに振り回されている……

あの後、下手にここで抵抗して、無駄に弘樹を待たせる方が悪いと、勧められた服を数着選んだ。そして言われたとおり弘樹に電話をして呼び戻すと、せっかくだから選んだ服に着替えるように勧められその指示に従った。

そして買ったばかりの服に着替えた莉子の手を引き、弘樹は靴や化粧品、アクセサリーといった品を買い揃えていった。

弘樹は選んだ品の代金を当然のように自分で支払おうとするが、莉子としては、彼にそこまでさせるわけにはいかない。

全力で断って、自分で支払おうとしたけれど、店員を味方につけた彼に勝てるはずもなく、全ての支払いを彼に任せる結果となってしまった。

そうして彼に連れ回される先で少しずつ化粧や髪型を変えていった結果、助手席で脱力する莉子の外見は、お洒落で仕事のできそうな雰囲気の女性に変貌していた。

「よく似合っているよ」

ガラス越しに目が合うと、弘樹は臆面《おくめん》もなく褒《ほ》めてくる。

その言葉を持て余すように、莉子は落ち着かない気分で自分の姿を見下ろした。

袖《そで》に柔らかな膨らみのある黒のブラウスに、ハイウエストで裾《すそ》がアシンメトリーになっているグレーのタイトスカートを合わせている。

素直に認めるのは恥ずかしいけど、確かに今の自分の装《よそお》いは可愛いと思うし、似合っていると褒《ほ》められるのは嬉しい。

「あの、今日の代金は、後日ちゃんとお支払いします」

「いらない」

「でも……」

「俺にとっては大した出費じゃないし、商品を返されても困る」

確かに弘樹の収入を考えれば、そうかもしれないけれど、だからといって素直に受け取るわけにはいかない。

「これは、次の打ち合わせで、小日向さんが萎縮《いしゅく》しないための先行投資だよ」

「はい?」

意味がわからないと首をかしげる莉子に、弘樹が告げる。

「さっき小日向さんは、場の空気に呑まれた……みたいなこと言っていただろ。そうやって気持ちで負けると、言いたいことも言えなくなるし、必要なタイミングで質問を挟むこともできない。そんなの参加していても面白くないだろう?」

「確かに……」

今日の打ち合わせでは、自分が場違いに思えて、進行の邪魔にならないよう聞き役に徹していた。

結果、弘樹の言うとおり、気になる点があっても質問することなどできなかった。

しかし、それと今日の散財がどう繋がるというのか。

怪訝《けげん》な顔をする莉子に、弘樹は簡単なことだと説明する。

「小日向さんが自分を場違いだと思って萎縮《いしゅく》してしまうなら、まずは外見から、そう思わないようにすればいい」

「でも……」

外見を変えただけで、莉子のレベルが急成長するわけじゃない。

そんな莉子の弱気を、弘樹は淡く笑って否定する。

「それは違うだろ。もともと君のデザインが認められて、今回の途中参加に繋がったことを忘れるな。そのセンスは、あの場の全員が認めていることで、場違いだと思っているのは君だけだよ」

思いがけない弘樹の言葉に、目から鱗《うろこ》が落ちた気がした。

莉子の表情の変化を横目で確認して、弘樹は優しい声で続ける。

「偉そうなこと言っておいてなんだけど、俺も小日向さんと一緒だよ。仕事をしていて、不意に不安に襲われることはある」

「え？　嘘だ」

彼ほどの人に、そんな感覚があるとは思えない。

思わず素で否定の言葉を口にした莉子に、弘樹は「ひどいな」と軽やかに笑った。

「そういう時でも俺は、未来の自分を信じて、『任せてください』って胸を張ることにしている。そして自分で自分の期待を裏切らないよう、できる限りの努力をする。そのできる限りの努力の中には、見た目のハッタリを効かせることも含まれる」

「見た目のハッタリ……ですか？」

「そうだ。小日向さんだって、自信がなさそうな人と仕事をするのは、不安になるだろ？　その逆もまたしかり。それって自分自身にも言えることだから、まずは形からでも自分に自信を持つことが大事だ」

そう話を締めくくった弘樹は、「俺を見てみろ」と自信に満ち溢《あふ》れた笑みを浮かべる。

確かに、いつも洒落たスーツを品良く着こなした弘樹には、自信と余裕を感じる。そんな彼を信頼し、チームがのびのびと意見交換しやすい雰囲気になっていた気がした。

そして、彼と話すうちに、神田デザインの事務所で彼に認められる仕事がしたいと自分を鼓舞《こぶ》した感覚が蘇《よみがえ》ってくる。

「加賀さんの言葉って、魔法みたいです」

感じたことをそのまま言葉にすると、弘樹は肩をすくめる。

「生憎《あいにく》、俺に魔法は使えない。俺が与えられるのはきっかけだけだ。それをどんな結果に繋げるかは、小日向さん次第だよ」

「頑張ります」

気付けば即答していた。

いつもの自分のペースを取り戻した莉子は、改めて弘樹に言う。

「きっかけは十分いただきましたので、勉強の意味も兼ねて、今日の支払いは私にさせてください」

洋服に始まり、全ての支払いを弘樹にさせてしまったけど、今からでも彼にお金を返したい。

真摯《しんし》に申し出る莉子に、弘樹がゆるゆると首を横に振る。

「自分の企画を成功させるために、必要だと思ってやったことだから。もしそれでも俺になにかを返したいと思うなら、自信を持って君らしい、いい仕事をしてくれ。その方が、小日向さんの才能を信じて今回のプロジェクトに参加してもらった俺としては嬉しいよ」

弘樹のその言葉に、莉子はハッとする。

今回のプロジェクトは、本来、ＫＳデザインだけで進めるはずのものだ。

降って湧いたような共同事業に神田デザインで雨宮が反発したのと同じように、彼の側にだって反対意見があってもおかしくない。

――もしそうなら、私がちゃんと結果を出さないと、加賀さんに迷惑をかけることになる。

彼に認められる仕事がしたくてこの話を受けたのに、そんなの冗談じゃない。

萎縮《いしゅく》している暇があったら、できることはなんでもして、結果を出すべきだ。

「その顔が見たかったよ」

バックミラー越しに視線を向けた弘樹は、満足そうに頷くと、食事をして帰ろうと莉子を誘ってきた。

これまでの弘樹の行動から考えて、食事をすれば当然のように彼が支払いをするだろう。

そう思って躊躇《ためら》いを見せる莉子に、今日の打ち合わせで聞きそびれたことがないか食事をしながら確認して、次の打ち合わせに備えた方がいいと言ってくる。

その申し出は嬉しいのだけれど……

「失恋で弱っている女にあんまり優しくすると、誤解されちゃいますよ」

彼の優しさを、変に誤解してはいけない。

自分の心に釘を刺すために、冗談めかした口調で彼を脅《おど》して、食事の誘いを断ろうとする。

なのに、弘樹が癖のある笑みを浮かべて言う。

「それを狙っているんだよ。失恋の傷が塞がれば、小日向さんが俺に惚れてくれないかなって、下心がある」

「……っ」

もちろん彼は、莉子の冗談に冗談で返しているだけだ。

そう理解していても恋心が邪魔をして、彼の声音や、自分に向けられる眼差しに、あの夜のような濃密な艶《つや》があるように錯覚してしまいそうになる。

コクリと生唾を飲み込む莉子を見て、弘樹はククッと喉の奥を鳴らした。

「なんてね。とりあえずは食事をしよう。さすがに腹が減った」

コロリと表情を変えて、弘樹が言う。

そんなふうに言われてしまうと、誘いを断りにくくなってしまうではないか。

返す言葉が見つけられず莉子が黙り込むと、それを了承と受け取ったのか、弘樹はご機嫌な様子で車を走らせた。

5　バレンタインデーの告白

ＫＳデザインを初めて訪問した日、彼からいい仕事をするためのアドバイスときっかけを貰った莉子は、それを無駄にしないように日々奮闘していた。

まずは自分を信じて胸を張る。

ただそれだけのことでも、周囲の反応が変わってくるから不思議だ。

打ち合わせでは、きちんと必要な発言ができているし、他の現場でもいい雰囲気を作ることができている。

あの日、弘樹は「生憎《あいにく》、俺に魔法は使えない」と言っていたけど、莉子からすれば、彼に魔法をかけられたとしか思えない変化に驚かされるばかりだ。

そして莉子の日常を一変させてくれた弘樹が、お礼は仕事で返してくれと言ったのだから、なんとしても結果を出さなければならない。

二月十四日の今日、そんな思いを胸にデスクで仕事をしていた莉子は、足元に置いてあるバッグにチラリと視線を落とした。

資料やらなんやらが乱雑に詰め込まれた大振りなバッグの隙間から、小さな紙袋が覗いている。

淡いピンク色の紙袋を確認して表情を綻《ほころ》ばせていると、背後から声をかけられた。

「バレンタインデーのチョコ、どこで買ったの？」

振り向くと、古参社員である飯塚《いいづか》が首を伸ばしてこちらの足元を覗き込んでいた。

彼の質問に答えるべく、莉子はバッグから紙袋を取り出して彼に見せた。

時々雑誌で取り上げられることのある人気洋菓子店の紙袋に、飯塚はふむと頷く。

「センスあるじゃん。愛を感じるな」

ニヤリと笑った飯塚は、自慢するように手に提げている紙袋を見せてくる。

見たことのない絵柄の紙袋は、関西の個人経営のスイーツ店のものだという。

「美味《おい》しいんですか？」

「嫁さんの実家がそっちの方で、頼んで送ってもらった」

そう答えた飯塚は、自分も奥さんから同じものを貰ったので、味は保証すると胸を張る。

「所長、喜びますね」

「毎年この時期は、どこのお菓子にするかで悩むよな」

この事務所のスタッフは、男女問わずバレンタインデーに、スイーツ好きの神田所長へお菓子を贈ることが恒例となっている。

そしてどうせ贈るなら喜んでほしいと、スタッフはそれぞれ頭を悩ませているのだ。

莉子の言葉に頷いた飯塚は、お互いの健闘を称《たた》えるように笑う。

そんな二人に向かって「くだらねぇ」と吐き捨てるような声が聞こえた。

莉子も飯塚も、確認しなくてもその声の主が誰かわかっているので、揉め事を避けるために無視しようとした。

けれど声の主である雨宮が、わざわざ椅子の向きを変えてまでこちらの話に参加してくる。

「こういう贈呈品の強要って、立派なパワハラだよな」

卑屈《ひくつ》さを含んだ雨宮の言葉に、飯塚は面倒くさそうに息を吐く。

「別に所長は強要してないし、ウチはお返し目当てに嫁さんが用意しているだけだ」

飯塚が言うとおり、別に神田がお菓子を要求しているわけではない。

お菓子は人から贈られた方が美味《おい》しいと公言する神田を喜ばせたくて、それぞれが行動しているだけのことである。当然それはパワハラなどではなく、彼の人徳のなせる業《わざ》だ。

それに神田からは、お返しとして毎年ホワイトデーに彼の厳選したスイーツを貰っている。

ついでに言えば、神田へのお菓子を買うついでに、仲のいいスタッフの分も買って互いに贈り合っているので、神田デザインにとってバレンタインデーは、皆で美味《おい》しいお菓子を贈り合うレクリエーションのような日だった。

飯塚の言葉に、雨宮は「ハッ」と反論する。

飯塚は雨宮と議論するつもりはないらしく、莉子に視線を戻して話題を変えた。

「小日向さんは、今日はデート？」

「えっ」

不意に振られた話題に、莉子は思わず肩を跳ねさせる。

そんな莉子の反応に、飯塚はニヤリと笑う。

「小日向さん、最近急に綺麗になったから、恋人ができたのかなと思って。彼氏へのプレゼントも、所長と同じ店で買ったの？」

飯塚は大袈裟《おおげさ》に背伸びして、莉子のバッグの中にもう一つチョコが隠されていないか覗くフリをする。

「恋人なんてできてないですよ」

向こうがふざけてやっているだけなので、莉子も冗談としてシッシッと手を動かして飯塚を追い払うフリをした。

「なんだ、じゃあ今日は予定もないのか」

その言葉は返答に困る。

実は今夜、弘樹と会う約束をしていた。でもそれは、もちろんデートなどではない。

なんでも、彼の遠縁が道楽として始めたレストランのレセプションパーティーに招待されていて、同伴者がいた方が早く切り上げられるし、連れを車で送らなければいけないと言えばアルコールも断れるので、付き合ってほしいと頼まれたのだ。

ただそれだけのこととはいえ、そんなこと飯塚に言えるはずがない。

思わず言葉に詰まる莉子を見て、飯塚がニヤニヤしながらなにか言おうとした時、バンッと机を叩く音が響いた。

見ると、雨宮が自分の机にファイルを叩き付けて立ち上がっている。

音に驚き黙る飯塚を睨《にら》んだ雨宮が、莉子を指さして言う。

「こいつが最近らしくない格好をしているのは、ＫＳデザインの社長に媚《こ》びを売るためですよ」

軽く顎《あご》を持ち上げた雨宮は、視線を莉子に移動させ「女は楽でいいよな。ちょっと媚《こ》びを売れば仕事が貰えるんだから」と吐き捨てる。

反論しても話が拗《こじ》れるだけと、いつもは彼の嫌味を聞き流す莉子だけど、さすがにその言葉は聞き捨てならない。

「媚《こ》びて仕事が取れるほど、この世界は甘くないです」

確かにきっかけは、弘樹から贈られた物だった。

でも今の莉子の変化は、彼の期待に応《こた》えるために、自分にできる努力を頑張ってきたからであって、彼に媚《こ》びるためではない。

いい仕事をするためには、たとえハッタリでも自分を信じて行動する。

そんな彼の言葉に背中を押されて、服装やメイクをこれまでとは異なる方向で意識するようになると、自然と背筋が伸び、立ち居振る舞いも変化していく。

そうやって莉子が変わると、それが伝播《でんぱ》したように周囲の反応が違ってくるのだから、人間とは不思議な生き物である。

その結果、以前よりも仕事が進めやすくなった。

でもそれは莉子の成長であって、楽をするために媚《こ》びているのとは違う。

なにより弘樹は、そんな手段で仕事が取れるような相手ではない。

正直に言えば、自分に向けられる弘樹の優しさは、一夜の過ちを口止めする意味が含まれているのではないかと疑ったことはあった。だけど日々彼と接していれば、それがどれだけ見当違いな考えだったのかわかる。

弘樹は、そんな人じゃない。

「……っだよ」

莉子が反論してくるとは思っていなかったのか、雨宮が一瞬ひるむ。だがすぐに、生意気とでも言いたげに莉子を睨《にら》みつけた。

「だいたい、お前程度のおん……」

莉子を指さした雨宮がなにか言おうとした時、所長室のドアが開き神田が顔を覗かせた。

さすがの雨宮も、神田の前では口を噤《つぐ》む。

所長室から出てきた神田はそのままこちらへ歩み寄り、雨宮の前に立った。

「僕も、小日向君の意見が正しいと思うよ」

神田は男性としては小柄な方なので、自然と雨宮を見上げる姿勢になる。それでも、確実に雨宮の方が気迫負けしているのが伝わってきた。

「楽をして欲しいものが手に入るなんて思っちゃいけないよ。欲しいものを手に入れられる人間は、誰もがそれに見合った努力をしている」

そう話す神田の視線が一瞬彷徨《さまよ》い、雨宮の腕時計に視線を落とした。そして、再び彼を見上げた神田が言う。

「人間、誰にでも身の丈《たけ》というものがある。自分の身の丈《たけ》以上のものを望むなら、きちんと努力をするべきだ。その努力が嫌なら、人を傷付けてまで身の丈《たけ》に合わないものを欲しがるべきじゃないよ」

いつもと違う、厳しい口調で雨宮を諭《さと》した神田は、言うだけ言うと表情を和《やわ》らげ、彼に午前中のうちに銀行に行ってきてほしいとお使いを頼んだ。

自身の腕時計で時間を確認した雨宮は、ジャケットを手に取るとそのままオフィスを出ていった。

その背中を見送った神田は、飯塚と莉子に視線を向けて柔らかく笑う。

「バレンタインデーなのに、誰もチョコをくれないから、催促《さいそく》しに来たよ」

それはもちろん、神田なりの冗談である。

事務所と所長室は薄い壁で区切られているだけなので、雨宮が大きな声を出したことで状況を察して仲裁に出てきてくれたのだろう。

「美味《おい》しいお菓子だから、所長には違うお菓子を渡して、こっそり山分けしようか小日向と相談していたんです」

飯塚はそんな軽口を叩いて、書類と一緒に手に提げていた紙袋を神田に渡す。

「それは危なかった。顔を出して正解だったね」

神田が目を丸くして大袈裟《おおげさ》に反応すると、周囲から笑いが起きる。

莉子も自分が用意したお菓子を渡すと、それに続いて遠巻きに様子を窺っていた他の社員たちも神田にお菓子を渡しに来る。

スタッフからのお菓子をほくほく顔で受け取った神田は、ちょうど空《あ》いていた莉子の隣のデスクの椅子に腰を下ろした。

気を利かせたスタッフがコーヒーを淹《い》れると、戦利品の一つを開封しながら莉子に話しかける。

「雨宮君のことだけど、小日向君への言動については、僕から改めて注意しておくから、少し様子を見てもらえないかな？」

もちろん莉子だって、職場の人間と積極的に揉めたくはない。

でもそれではぬるいと言いたげに、デスクに腰を預けてコーヒーを啜《すす》る飯塚が唸《うな》る。

「もとから仕事態度に問題のある奴でしたけど、最近は特に目に余ります」

飯塚の意見はもっともだと、神田が静かに頷く。

「正しい、正しくないでジャッジするなら、雨宮君は確実に間違っている。だけど人間、正しいことだけして生きているわけじゃないだろう？　最近の雨宮君は、仕事で煮詰まっているせいもあって、理想と現実の折り合いの付け方に悩んでいるんだよ」

神田が話すとおり、去年の末頃から雨宮は仕事がうまくいっていない感じがする。

ＫＳデザインに競り負けたコンペの他にも、彼の企画が却下されることが続いていて、それと比例するように周囲への当たりが強くなってきていた。

そこにきて莉子がＫＳデザインと仕事をすることになったため、苛立ちが抑えられないようだ。

「……」

神田の言葉に、莉子は手にしたカップを強く握って下唇を噛んだ。

「小日向君にはいい迷惑だろうけど、年下で女性である君にも抜かされたことがわかるだけに、悔しくてしょうがないんだよ」

難しい表情で考え込む莉子を気遣い、神田所長が申し訳なさそうに話す。

だけど莉子が表情を曇らせたのは、雨宮の八つ当たりのせいではない。神田の言葉に、自分自身のズルさを見透かされた気がしたからだ。

正しい、正しくないだけで言うのであれば、今の莉子は正しくない恋に身を焦がしている。

「雨宮さんは、うまく折り合いをつけられる日が来るんでしょうか？」

あれこれ考え、ついそんな質問をしてしまう。

神田はコーヒーを一口飲み、答えを探すように息を吐く。

「それは彼自身が決めることだ。彼の人生は彼のもので、誰かがなんとかしてあげるなんてことはできないからね。こちらが救いの手を差し伸べても、彼に掴む気がなければ意味がない」

「……」

雨宮に向けて放たれたはずの言葉が、莉子の胸に刺さる。

「小日向君には迷惑をかけるが、彼が今の自分との折り合いをつける時間を与えてあげてほしい。そしてもし彼が軌道修正できたなら、その時は同じ事務所で働く仲間として許してやってほしいんだ」

そう話を締めくくった神田は、不満げな顔をしている飯塚にチラリと視線を向け、「君だって若い頃、色々やらかしていたじゃないか」と朗《ほが》らかに笑う。

どうやらそれは飯塚にとって触れてほしくない過去だったらしく、視線を逸らして頬を掻いた。

神田は、莉子の机に貰ったばかりのチョコを一粒置くと立ち上がる。

「コーヒーごちそうさま」

空《から》になったカップを持って給湯室へ向かおうとする神田から飯塚がカップを引き取る。それにお礼を言って、神田はご機嫌な表情でバレンタインデーの贈り物を手に自室へ引き返していった。

「小日向さん、洗うの手伝ってくれる？」

神田からカップを受け取った飯塚がそう声をかけてくる。

もちろんカップ一つ洗うのに手伝いなど必要ないので、他の人に聞かれない場所で話がしたいということだろう。

莉子は飯塚と二人で給湯室に向かった。

「俺さあ、昔、やばい女にはまって、あんまよろしくない方面から金借りて痛い目に遭いかけたことがあるんだよな」

莉子に手伝いを頼んでおいて、自分で莉子の分のカップまで洗いながら飯塚がそう切り出した。唐突なカミングアウトにどう反応していいかわからずにいると、飯塚は苦笑してそのまま話を続ける。

「洒落にならん金利に頭が真っ白になって、まともに仕事ができる状態じゃなかった。最終的には所長が間に入ってくれて、相手方と話をつけてくれたおかげで、どうにか助かった」

そう話す飯塚は、泡のついた人差し指を頬の上から下へ滑らせた。

なるほどそれは、かなりよろしくない場所からお金を借りている。

「所長は、大丈夫だったんですか？」

小柄で好々爺《こうこうや》といった印象の神田が、そんな相手と渡り合う姿が想像できない。

目を丸くする莉子に、飯塚は「昔の所長は、なかなかの武闘派だったぞ」と笑う。

若かりし日の神田の姿を想像しようと、視線を彷徨《さまよ》わせる莉子に飯塚が言う。

「最近、雨宮いい時計しているだろ？」

「そうでしたか？」

そういえば、さっき神田が雨宮の腕時計を見ていた気がしたが、莉子には彼がどんな時計をしていたかまでは記憶にない。

あまりそういったものに興味のない莉子が、素直に申告すると、飯塚はそんなものだと笑って、雨宮のしている時計の大まかな金額を教えてくれた。

「えっ！　そんなに高いんですか？」

安いものでも六桁後半、高い物になると八桁を超えるという飯塚の話に、莉子は目を白黒させる。

「まあ、うまく中古を見つけたとか、偽ブランドの可能性もあるけど、本物だとしたら、金の出所が気になるよな。所長も、昔の俺みたいに無謀な金の借り方をしていないか心配しているんだと思う」

「でも、ストレス発散や、自分へのご褒美《ほうび》に高い買い物をすることは誰にでもありますよ」

そこまで高額ではないが、莉子にも、自分へのご褒美《ほうび》に高い買い物をした経験はある。

その意見に、飯塚も「その辺の見極めがつかないから、所長も様子を見ているんだろうな」と頷く。

後進の育成に力を入れ、弘樹のことも気にかける神田からすれば、雨宮もまた気にかけるべき存在なのだろう。

本当に、甘い物に目がないところ以外は、理想的な上司である。

「雨宮、プライドが高いから、俺みたいに素直に所長に泣きついたりできないだろうし」

強く握りしめたスポンジを軽く振って水を切った飯塚が、そうぼやく。

――飯塚さんは、所長に泣きついたんだ……

莉子の知る飯塚は、体格がよくて仕事もできるベテラン社員なので、それはそれで想像ができない。

ただそういう人にも、道を間違えたことがあるということらしい。

「飯塚さんは、軌道修正ができてよかったですね」

しみじみとした莉子の言葉に、飯塚が「まったくだ」と笑う。

「間違ったまま突き進むには、人生は長すぎる。だから雨宮にも、早くそれに気付いてもらいたいよ」

「……はい」

所長も飯塚も雨宮のことを話しているとわかっているのに、耳が痛いと思うのは、莉子に後ろめたいことがあるからだ。

「所長があぁ言った以上、悪いが少し様子を見てやってくれ」

食器を洗って片付けを済ませた飯塚は、莉子の肩をポンッと叩いて給湯室を出ていった。

神田に諭《さと》されたことで、飯塚の怒りもクールダウンしたのか、当面の間は雨宮の様子を見ることにしたようだ。

残された莉子は、軽く自分の頬を叩いて気持ちを切り替え仕事に戻った。

◇　◇　◇

その日の夜、莉子は一度自分のマンションに戻って、弘樹に会うための身支度を急いだ。

頑張って仕事を片付け定時で帰ってきたのはいいけど、いざ身支度を始めると時間が全然足りない。

別にデートじゃないんだし、そこまで気合を入れなくても……。頭の冷静な部分ではそう思うのに、逸《はや》る心は抑えられない。

完璧を求めて、髪やメイクを何度も修正したくなる。

どうにか身支度を整えた莉子は、鏡に映る自分の姿を確認して大丈夫だと頷く。

今日の莉子は、タイトな黒のニットワンピースに、ショート丈《たけ》の白いダウンジャケットを合わせた。すっきりとした装《よそお》いの分、髪を結い上げ、メイクやアクセサリーで華やかさを出している。

このコーディネートに落ち着くまでに、自分のワードローブの中で何パターンも組み合わせを試したし、それでも自信が持てず、友だちに写真を送って意見を求めた。

そこまでして選んだ装《よそお》いに身を包んでも、あれこれ不安になってしまうのは、彼に恋をしているからだろう。

彼と買い物に出かけた日以降、なんとなく弘樹とは毎日メッセージのやり取りをするようになっている。

初めは仕事に関連するメッセージのやり取りだったのだけれど、まめにメッセージを交わすうちに、自然と仕事以外の内容も増えていき、彼を思う気持ちが抑え切れなくなっていく。

とはいえ、相手にそれを悟られないよう節度を持って接していたつもりだったので、バレンタインデーにパーティーの同伴に誘われてかなり戸惑った。

弘樹としては、パーティーに同伴してもらえれば、相手は誰でもよかったのだろう。

密かに彼に思いを寄せる身としては、バレンタインデーという日を意識しなくもないけれど、事情を理解した莉子に断るという選択肢はない。

いつも彼に助けられているのだから、少しでも彼の役に立ちたいと思う。

レセプションパーティーというからにはドレスコードがあるだろうと、念のため弘樹に確認したところ「とびっきり可愛く」と言われてしまったので、今のこの状態に至っている。

身支度の最終チェックを終えた莉子は、弘樹に準備ができたとメッセージを送った。

すると、待つことなく弘樹から返信があった。

そこには、すぐに着くので莉子の都合のいいタイミングで下りてきてくれればいいとある。

慌てて一階に下りると、言葉どおり彼の車がマンションのエントランス前に停まっていた。

「すみません」

「なにが？」

慌てて駆け寄った莉子が謝ると、彼女のために助手席のドアを開けてくれた弘樹が不思議そうな顔をする。

「だって、かなりお待たせしましたよね？」

本来の約束では、莉子の身支度が終わったら連絡をして、彼が迎えに来ることになっていた。

それなのに、こんなに早く弘樹が迎えに来たということは、近くで莉子の準備ができるのを待っていたということだろう。

「いや。俺が待ちきれなくて早く会社を出ただけだから」

「……っ」

臆面《おくめん》もなくそんな言葉を囁《ささや》かれて、頬が熱くなる。

視線を逸らした莉子は、両手で頬を軽く叩いて熱を冷ます。

そうやってどうにか気持ちを落ち着かせようとしていると、運転席に回り込んだ弘樹が莉子の鼻先になにかを差し出してきた。

「はい」

莉子は少し目を細めて、差し出されたものに焦点を合わせる。

差し出されたのは、ダークブラウンのリボンがかけられた、細長い長方形のプラスチックケースだった。

プラスチックケースが透明なため、中に上品なワインレッドの薔薇《ばら》が一輪入っているのが見える。

「……？」

薔薇《ばら》はまだ半分蕾《つぼみ》の状態だけど、幾重にも重なった花びらの色が美しく、どことなく特別な雰囲気がある。

この薔薇《ばら》をどう解釈すればいいかわからず視線で問いかけると、弘樹が「バレンタインデーだから」と、爽《さわ》やかに笑う。

「あの、すみません……私、なにも用意してなくてっ！」

神田へのチョコを買うついでに弘樹の分も買おうと思ったのだけど、彼に明確な好意があるからこそ、買うのを躊躇《ためら》ってしまった。

そんな自分が、彼からバレンタインデーのプレゼントを貰うなんておこがましい。

こんなことなら、彼の分も買っておけばよかったと後悔する莉子を見て、弘樹が面白そうに笑う。

「海外では、男性が女性に薔薇《ばら》を贈るのが一般的なんだよ。それにこれは、なにか見返りを期待してるわけじゃない。俺が小日向さんに贈りたかっただけだ」

弘樹はそう言って薔薇《ばら》を莉子の膝の上に置くと、車を発進させた。

——だから、そういう期待を持たせるような言動は控えてほしい。

こちらの諦めがつかなくなる。つい文句を言いたくなるが、またからかわれて終わりそうな気がして返す言葉に迷う。

「……」

結局、なにも言えず唇を奇妙な形に引き結んで黙っていると、弘樹がこちらにチラリと視線を向けてきた。

「ごめん、言い忘れてた」

「……？」

なんだろうかと視線を向けると、弘樹がにっこり笑って言う。

「今日もすごく可愛いね」

「——なっ！」

もうこれは、恋人同士のやり取りではないか。そう思うけど、彼の左手には相変わらず指輪が嵌《は》められている。

赤面する莉子は、なにをどう返せばいいかわからずシートベルトを握りしめて、シートに背中を預けた。


弘樹の運転で案内された店は、酒造メーカーの蔵を改築した創作フレンチの店で、花崗岩《かこうがん》の石壁を活かしたモダンな内装をしている。

店内の調度品はシノワズリをコンセプトにしているらしく、洋風文化の中にアジアンテイストがうまく交ざり込んで、女性好みなレトロ感が溢《あふ》れている。

弘樹の話では、彼の遠縁が道楽で始めた店とのことだったが、センスは悪くない。

一見しただけではなにを扱っているかわからない店構えは、敷居が高く感じる分、内装の可愛らしさを際立たせ、訪れた客に知る人ぞ知るといった特別感を与えてくれるだろう。

今日のレセプションパーティーは立食形式を取っており、店で提供する予定のコース料理とはかなり異なるとのことだが、それでも出されている料理はどれも美味《おい》しく、オーナーの力の入れようが伝わってくる。それに、使われているカトラリーや食器類にも、こだわりが感じられた。

上品で華やかな雰囲気のこの店が正式にオープンしたら、きっと大人のお洒落なデートスポットとしてすぐにメディアでも取り上げられる人気店になることだろう。

そんな洒落た店のレセプションパーティーに招待された客もまた、洒落た装《よそお》いの人が多く、店内は華やかな空気で満たされているが、そんな中でも、弘樹は一際存在感を放っていて人目を引く。

誰か一人と会話が終わっても、それを待ち構えていたように次の誰かが話しかけてくる。その繰り返しで料理を楽しむ暇すらない弘樹を、つい心配してしまう。

しかし、莉子の心配をよそに、加賀設計の御曹司として華やかな場所での振る舞いに慣れている彼は、疲れた様子もなく交流を楽しんでいるようだ。

逆にこういう場所に不慣れな莉子の方が、身の置きどころがなく、会場の隅でおとなしくしているしかなかった。

――本当に、別世界の人だな……

楽しげな表情で相手の話に耳を傾け、時折相槌《あいづち》を打つ弘樹の姿を眺めていると、しみじみとそう思えてくる。

賀詞《がし》交換会の時にも思ったことだが、弘樹の表情や声には人を引き付ける魅力がある。だからなのか、まるで美しい花の蜜を求めて蝶《ちょう》が集まるように、入れ替わり立ち替わり人々が彼に話しかけてくる。

きっとこういう有無《うむ》を言わさぬ魅力のことを、人はカリスマ性と呼ぶのだろう。

そしてそんな彼に魅了されている自分もまた、他の誰かから見れば、たくさんの蝶《ちょう》のうちの一匹にすぎないのだ。

その時、弘樹に華やかな女性が話しかけ、親しげに肘に手を添えた。弘樹はさりげなく指輪の存在をアピールしていたが、相手の女性はひるむことなくアプローチを続けている。

——加賀さん、やっぱり女性にモテるよね。

最近、彼と過ごすことが多くなり親しみを感じていたせいか、そんな当然のことを忘れていた。

遠目に美男美女のやり取りを眺めていると、今さらながらに彼の同伴者が自分でよかったのかと不安になってくる。

——私が、加賀さんの隣にいていいのかな……

そもそも弘樹なら、莉子じゃなくても他にいくらでも相手がいそうなものだ。

「莉子」

手持ち無沙汰で持っていたシャンパングラスに口をつけた時、弘樹に名前を呼ばれた。

ファーストネームで呼ばれたことに驚き視線を向けると、弘樹がこちらにおいでと合図を送ってくる。

——そんなふうに呼ばれると……

肌を重ねた日のことを、思い出してしまうではないか。

彼に名前を呼ばれただけで、簡単に舞い上がってしまう自分を情けなく思いつつ歩み寄ると、莉子の腰に弘樹の腕が回される。

そうして弘樹は、目の前の女性に静かに微笑み、彼女の誘いをそっと拒絶する。

「邪魔してごめんなさい」

同伴者がいたことでさすがに諦めがついたのか、女性は少しばつが悪そうに肩をすくめてその場を離れていく。

「ありがとう」

腰に回していた腕をするりと解き、弘樹が微笑を浮かべる。

「いえ。でも、いいんですか？」

莉子が戸惑いつつそう声をかけると、弘樹が不思議そうな顔をする。

視線で言葉の意味を問いかけてくる弘樹に顔を寄せ、莉子は「私が加賀さんのパートナーだと勘違いされませんか？」と小声で囁《ささや》く。

すると弘樹は楽しそうに笑った。

「それもいいかもね」

「……」

いいわけがない。

どうしてこの人は、左手に指輪をしたままこんな思わせぶりな言葉を自分に言うのだろう。

たくさんの感情が胸につかえて言葉が出てこない。

無言で唇を戦慄《わなな》かせていると、それを不思議に思ったのか、弘樹は莉子の正面に立ち少し腰を屈《かが》めてこちらの言葉を待つ。

そんな弘樹に「貴方が好きです。だから思わせぶりな行動はやめてください」と、自分の正直な気持ちを伝えたらどうなるだろう。

それでフラれたらいっそ楽になれると思う反面、もう少しだけ、この曖昧《あいまい》な関係に甘えていたいという気持ちもある。

——私はズルいな。

自分はいつからこんなズルい人間になったのだろうかと、莉子が唇を噛んだ時、弘樹の背後から声が聞こえてきた。

「弘樹か？」

大きな声ではないが張りがあってよく通る男性の声が、半信半疑といった感じで彼の名前を口にする。

姿勢を直して後ろを振り返った弘樹は、自分の背後に立つ人の姿を確認して「ああ……」とため息ともつかない声を漏らした。

振り返った時に立っていた位置が少し横にずれたのか、莉子にも相手の姿が見えた。

洒落たベージュのスーツを着た白髪の男性で、顔に細かい皺《しわ》が刻まれている。老人と言って差し支えない風貌だが、背は高く腰も真っ直ぐ伸びている。

加齢により印象はかなり異なるが、その男性と弘樹の風貌には血の繋がりを感じさせるものがある。

――もしかしてこの人は……

「おじい様もお越しでしたか」

莉子が、男性が誰か察したタイミングで弘樹が言う。

威風堂々《いふうどうどう》たるその佇《たたず》まいから考えて、きっとこの人が加賀設計の現社長である加賀秀幸氏に間違いないだろう。

「俺も、高円寺《こうえんじ》のおば様に是非にと頼まれて、少しだけ顔を出しに……」

弘樹の口調は親しげで、祖父との偶然の遭遇を心底喜んでいるといった様子だ。

だけど相手には、この偶然を喜んでいる雰囲気はない。

無言で莉子と弘樹を見比べて、微《かす》かに顔を顰《しか》めた。

「……」

自己紹介をしてもいいものかわからず、莉子は黙ってお辞儀をした。

「ああ、彼女は……」

弘樹が莉子を紹介しようとしたところ、秀幸は虫を払うように手を動かして、その言葉を遮《さえぎ》った。

そして弘樹へ視線を向けると、大きなため息と共に首を振る。

「また女遊びの再開か？　いつになったら私の後継者としての自覚を持つんだ」

「最近は、それなりに考えていますよ」

苦々しい顔をする祖父に向かって、弘樹はひょうひょうとした口調で返す。

肩に力の入っていない弘樹の言葉に、相手はやれやれといった感じで息を吐く。

「じき本社に呼び戻す。それまでに、くだらん遊びは卒業しろよ」

「前にも言いましたが、俺はまだ本社に戻るつもりはありません」

今はKSデザインの社長として積極的に現場の指揮を執《と》っている弘樹だが、親会社の加賀設計に戻り後継者としての重責を担《にな》うようになれば、今みたいに身軽に動くことはできなくなる。

彼の才能を知る莉子は、それを少し残念に思う。

「そろそろ大人になれ。結婚の意味をもっとちゃんと考えろ」

そう言い残し、秀幸は連れらしき人たちの輪に戻っていった。

そんな祖父の背中を見送った弘樹は、莉子に視線を戻した途端、怪訝《けげん》そうに眉を寄せる。

彼の表情を見るまでもなく、莉子には自分の表情が強張《こわば》っている自覚があった。

「小日向さん……」

弘樹がいつものように苗字で莉子を呼ぶ。

本来ならその呼び方が正解のはずなのに、今はその距離が苦しい。

抑え切れない感情が渦を巻いて、視界がぐにゃりと歪《ゆが》む。

込み上げてくる涙を堪《こら》えようと、指で目尻を強く押さえて俯《うつむ》いた。

「すみません、コンタクトがずれたみたいで」

そう誤魔化して感情の波が過ぎるのを待とうと思ったのに、弘樹はそれを許してくれなかった。

「嘘が下手だな。小日向さんは、コンタクトなんか入れてないだろ」

弘樹はそう言って莉子の右手首を掴むと、自分の方へ引き寄せ「俺がどれくらい真剣に君の目を見て話していたか、知らないだろ」と、静かに笑う。

慈《いつく》しみを感じる彼の声に、莉子は目を閉じて首を横に振る。

「そういうの、もうやめてください」

「え？」

「奥さんがいるなら、そういう思わせぶりな台詞《せりふ》を言わないでください」

肌を重ねた日、弘樹は莉子に自分は独身だと話した。

だけど、その後も変わらず彼の左手薬指には指輪が嵌《は》められている。だから莉子は、彼には噂どおり内縁の妻がいて、あの夜のことはただの遊びだったと理解した。

だけど遊びと思うには、弘樹はいつでも底抜けに優しく莉子に甘い。それでいて最初に肌を重ねたあの日以来、莉子を求めてくることはなかった。

だから稚拙《ちせつ》な恋心は、彼は本当に独身で、自分に特別な感情を抱《いだ》いてくれているのではないかと都合のいい妄想をして、この曖昧《あいまい》な関係に甘えていた。

だけど、「結婚の意味をもっとちゃんと考えろ」と、弘樹に告げた秀幸の言葉で、ようやく目が覚めた。

彼はやっぱり既婚者で、ただ本当に優しい人なのだろう。

弘樹が自分とどうなりたいのかわからないが、なんにせよそれは、莉子が望んでいるものではない。

『正しい、正しくないでジャッジするなら、雨宮君は確実に間違っている。だけど人間、正しいことだけして生きているわけじゃないだろう?』

理想と現実にどう折り合いをつけるか……昼間の神田の言葉を思い出す。

確かにそのとおりだ。

彼を愛しているからこそ、正しくないと思いつつ「一晩だけ」と言い訳して関係を持った。そしてその後も、この中途半端な距離に甘えていた。

だけど、いい加減この関係に終止符を打たなくてはいけない。

これ以上こんなズルい関係を続けていたら、きっと自分で自分が嫌になる。

理想と現実の折り合いをうまくつけられず、周囲に苛立ちをぶつけている最近の雨宮を見ているからこそ、強くそう思う。

道を間違えることがあっても、ちゃんと正しい道に戻れる自分でありたい。

「私、加賀さんのことが好きだから、中途半端に優しくされると辛いんです……」

「え？」

莉子の告白に彼が戸惑いの表情を見せる。それは、肌を重ねた翌日、莉子の吐いた嘘のせいだろう。

弘樹がそれを信じていたのであれば、自分は意外と嘘つきな悪女にもなれるかもしれない……そんなどうでもいいことを考えつつ、莉子は正直な胸の内を明かす。

「最初から、私が好きなのは加賀さんです。去年、視察先で偶然会った時、私は加賀さんに恋をしたんです」

それは些細《ささい》な偶然だ。

あの日、偶然同じタイミングでコンペの視察に訪れたことで、彼に特別な感情を抱《いだ》くようになった。

まるでドミノが倒れるように、一度傾き始めた感情は、次から次へと連鎖して勢いを加速させていった。そして気が付いた時には、どうしようもないくらい彼を好きになっていた。

だからこそ、ここで終わらせなくちゃいけない。

「私バカだから、優しくされると誤解しちゃうので、ずっと嘘をついてました」

ちゃんと告白して、ちゃんとフラれないと、この恋を終わりにできない。

——だからちゃんと、けじめをつけよう。

そう覚悟を決めたのに、今から失恋するのだと思うと、情けなく眉尻が下がってしまう。

そんな莉子の顔を見て、弘樹がクシャリと目尻に皺《しわ》を刻んだ。

「バカだな」

そう言って、弘樹は左手で莉子の手首を強く掴み、もう一方の腕を彼女の腰に回した。

そうして莉子の体をそっと包み込むと、子供をなだめるような優しい口調で「少しだけ待ってて」と囁《ささや》き、側を離れていった。

そして、最初に紹介してくれた店のオーナーである親族の男性と短い言葉を交わして軽く頭を下げると、店の入り口へ向かい、クロークに預けた二人分の荷物を持って戻ってくる。

「場所を変えて話そう」

弘樹はそう言って、莉子の腰を抱いて歩き出す。

オーナーは、莉子と目が合うと会釈《えしゃく》をしてきた。その口が「お大事に」と動いたように見えたので、早すぎる退席の理由を莉子の体調不良とでも説明したのかもしれない。

「あの……こんなにすぐに帰ったら、親戚の方に失礼じゃないですか？」

「親戚と言っても、かなり遠い親戚だし、おじい様も顔を出しているから問題ない。オープンの際に、大きな胡蝶蘭《こちょうらん》でも贈っておくよ」

焦る莉子に、弘樹はこともなげに言う。

彼の言葉に視線を巡《めぐ》らせた莉子は、苦い表情でこちらを見ている秀幸と目が合った。

無意識に身を強張《こわば》らせると、腰を抱く弘樹の手に力が込められる。

「大丈夫」

莉子の視線を辿《たど》った弘樹は、そう言ってそのまま店を出た。

◇◇◇

店を出た弘樹が莉子を連れていったのは、彼が一人暮らしをするマンションだった。

諦めると決めた矢先に、彼が一人暮らしをするマンションに自分が入ってもいいのかという躊躇《ためら》いが湧く。

だけど、弘樹に半ば強引に押し切られ、彼のマンションで話をすることになった。

弘樹が暮らすのは加賀設計が手掛けた分譲マンションで、販売当時、利便性が高いのに閑静《かんせい》な立地条件や、洗練されたデザインの内外装とハイグレードな設備のどれを取っても、さすが加賀設計と言わせる仕様で、その価格設定も含めて同業者を唸《うな》らせた物件だ。

そんな高級マンションの高層階にあるリビングは驚くほど広く、窓からは都心の夜景を一望することができた。

「とりあえず、少し飲む？」

莉子をソファーに座らせ、自分は自室に戻って着替えを済ませてきた弘樹は、グラスとシャンパンボトルを手にリビングに戻ってきた。

さっきまでパーティー仕様の洒落たスーツを着ていた弘樹だが、今はチノパンにゆったりとしたシルエットのシャツとカーディガンを合わせている。

家でもあまりダラッとした服を着ない彼に、その育ちの良さを感じる。

「あの……」

失恋をするために告白したのに、なんで彼の部屋でシャンパンを飲むことになったのだろうか。

困惑する莉子を横目に見て、弘樹は嬉しそうに目を細める。

「とりあえず……」

グラスとボトルをソファーの前のテーブルに置いた弘樹は、スルリと自分の左手の指輪を外して莉子へ差し出した。

「え？」

彼の意図がわからないながらも、莉子は差し出された指輪を両手で受け取る。

「内側を見てごらん」

そう言うと、弘樹はボトルの口元を覆《おお》うシールを剥《は》がし、左手の親指で蓋《ふた》の金具を押さえながら、右手で金具の針金を緩めていく。

慣れているのか、弘樹の動きには淀みがない。

コルク栓《せん》を固定する金具をテーブルに置き、ナプキンでコルク栓《せん》を押さえる。

あまりの手際のよさに、ついその動きに見惚れていた莉子は、彼に言われたことを思い出して指輪の内側に視線を向けた。

普通、結婚指輪の内側には、夫婦のイニシャルや結婚記念日が刻印されているはずだ。

そんなものを自分に見せてどうするのだろうと思いつつ、指輪の裏を見た莉子は、思わず「え？」と、声を漏らした。

指輪の内側には、なんの刻印もされていない。

「なんで……？」

もちろん、そういった印を指輪に刻まないカップルもいるだろう。だけどこのタイミングで、弘樹が敢えて莉子に確認させるということに、それ相応の意味があるはずだ。

そして彼に恋する乙女心は、その意味を都合よく解釈してしまう。

指輪の内側を覗き込む莉子の傍《かたわ》らで、シャンパンの栓《せん》が抜ける軽やかな音がした。

なにかの幕開けのような爽快《そうかい》な音に顔を向けると、悪戯《いたずら》っ子のような笑みを浮かべる弘樹と目が合った。

「だから妻の存在は気にしなくていいって言っただろ」

あっけに取られてポカンとする莉子の頬に、弘樹が口付けをする。

そしてそのままの距離で莉子の目を見つめて囁《ささや》く。

「自由であるためにずっと守ってきた秘密を打ち明けてしまうくらい、俺は君に惹かれている」

それは初めて一緒に飲んだ日に、弘樹が莉子に言った言葉だ。

つまり弘樹は、最初から真摯《しんし》な思いで莉子を口説いてくれていたということだろうか。

だとしたら再会した彼が自分に見せた優しさや、甘い囁《ささや》きの全ては莉子の思い違いなどではなく、彼の愛情表現だった？

――そんな夢のようなこと、あるはずがない……

「え……あの……だって…………、ずっと指輪しているし、皆さん、加賀さんは既婚者で愛妻家だって」

舞い上がりそうになる気持ちを落ち着かせたくて、真っ赤になって言葉を探す。

「その中に、一人でも俺の奥さんに会った人はいた？」

「い、いません。でもそれは、お相手が海外に住んでいるからで……」

「愛妻家なら、俺が仕事の拠点を日本に置くと思う？　もしくはしょっちゅう海外に行っているよ」

「確かに……」

「俺は惚れた女は大事にする主義だ。君への接し方を見てればわかるだろ」

「……で、でも……さっき加賀さんのおじい様が……」

「祖父が怒っているのは、結婚もしてないのに俺が指輪をしていることだよ。そのせいであれこれ噂が一人歩きしてることに関して、かなり怒ってる」

そう言われると、先ほどの秀幸の苦い表情の意味がまるで違ってくる。

彼の言葉を信じてもいいのだろうかと考える莉子に、弘樹がとどめの一言を口にした。

「それと、君と関係を持った後も指輪を嵌《は》め続けていたのは、失恋したばかりの君に警戒されないように距離を詰めるためだよ。君の言う後腐れのないポジションをキープしつつ、傷の癒《い》えたタイミングで口説く気でいた」

長く続いていた雨が上がって、一気に晴れ間が広がるように、見える景色は同じまま、その印象ががらりと変わっていく。

指輪を手に載せたままポカンとしている莉子を横目で窺いつつ、弘樹はグラスにシャンパンを注《つ》ぐ。

テーブルにグラスを置いたままシャンパンを注《つ》いだせいか、細長いグラスの中で黄金色《こがねいろ》の泡が踊るように跳ねる。

それが落ち着くのを眺めながら、莉子は思い切って口を開く。

「じゃあ『女遊びの再開か？』っていう言葉の意味は？」

先ほどの秀幸の言葉を思い出し、そう尋ねると弘樹はスッと視線を逸らした。

どうやらそれに関しては、なにか思い当たる節があるらしい。

「……」

過去に嫉妬してもしょうがないとわかっていても、なんとなく面白くない。

そんな心の内を読み取ったのか、弘樹は莉子の手のひらに載ったままの指輪を取り上げ、代わりにシャンパングラスを握らせる。

「確かに過去にはそういうこともあったが、今はいない。他の女性の存在を疑うなら、今から家探《やさが》ししてもらってもいいし、君にこの部屋の鍵を預けるよ」

「その距離の詰め方は怖いですよ」

考えてみれば、彼ほどの男性なら、それなりの過去があるのは当然だろう。他の女性の存在が気にならないと言えば嘘になるけど、そこまでは求めていない。

真顔で返した莉子の言葉に、弘樹が困り顔で目尻に皺《しわ》を刻む。

「君を絶対に逃したくないんだから、仕方ないだろ」

腕を伸ばし、自分の分のグラスを手にした弘樹は、莉子の目を覗き込んでくる。

「俺は君を愛してしまった。だからその感情を知らなかった頃にはもう戻れない」

『誰かを好きになるって、都市整備に似ていますよね』

以前、弘樹にそう話したのを覚えている。

彼に恋をする前の人生に、なにか不満があったわけじゃない。

それでも弘樹と出会い、彼を好きになった自分は、もはやそうなる前の自分が、なにに幸せを感じていたのか思い出せない。

きっと、誰かを本気で愛するということは細胞ごと生まれ変わったと錯覚するくらい、価値観を塗り替えられてしまうのだと思う。

弘樹を好きになって、彼に認めてもらえる仕事をしたいと努力したことで、莉子はかなり成長できた。

それだけでも十分幸せなことなのに、その上、彼に愛されているなんてそんな幸せ、どう受け止めればいいかわからない。だけど、彼に愛されない人生を想像するのも怖い。

きっともう自分は、この人なしでは生きていけないのだろう。

「……」

莉子が込み上げる感情を持て余しながら、無言で弘樹の胸に額を寄せると、耳元で囁《ささや》かれた。

「これからは、君のことを名前で呼んでもいい？」

そう言われて、さっきから弘樹に「君」と呼ばれていることに気が付いた。

ファーストネームで呼ぶにはまだ距離があるけど、ファミリーネームでは呼びたくない。そんな彼のこだわりが伝わってきて、つい笑ってしまう。

「はい」

彼の胸に額を寄せたまま頷くと、彼の胸が大きく上下するのが伝わってくる。

そこまで緊張しなくてもいいのにと、小さく呆れる莉子の耳に、

「莉子」

甘く低い弘樹の声が響く。

それだけで狂おしいほどの幸福感に包まれる自分は、もう恋を知らなかった頃の自分には戻れない。

「はい」

額を寄せたまま莉子が返事をすると、弘樹が耳元で囁《ささや》く。

「俺のことも、名前で呼んで」

その言葉に顔を上げると、ひどく照れた表情をした弘樹と目が合った。

「……」

困り顔で彼を見上げると、弘樹は不満げに眉を動かす。

「対等でいたいんだ」

そう返した後、弘樹は「俺の方が君に溺《おぼ》れているから、対等ではないか」とくすぐったそうに笑った。

それこそ、莉子の方が彼に溺《おぼ》れていると思うのだけど……

「……弘樹さん」

緊張しつつ求められるまま彼の名前を口にすると、弘樹にそっと唇を重ねられる。

互いの存在を確かめるだけの、優しい口付け。

そんな短い口付けを交わした弘樹は、手にしていたシャンパングラスを揺らしてみせた。

莉子が彼の方へとグラスを近付けると、弘樹が自分のグラスをそっと触れさせる。

「愛してる」

躊躇《ためら》いのない愛の言葉を告げて、弘樹がグラスを傾けたので、莉子もその動きを真似た。

二人で見つめ合って飲むシャンパンは、これまでにない甘美な味がした。

優しく弾けるシャンパンの喉越しに、今さらながらに自分がひどく喉が渇いていたことに気付かされる。

それは弘樹も同じだったのだろう。

コクコクと喉を鳴らして、一気にグラスを空《から》にする。

こちらの視線に気付いた弘樹は、照れくさそうに笑った。

莉子は腕を伸ばしてボトルを取り、彼のグラスにシャンパンを注《つ》いだ。

目の動きでお礼をした弘樹は、莉子からボトルを受け取り、彼女のグラスにもそれを注《つ》ぐ。

そして二杯目のシャンパンを飲みながら、いつから惹かれていたのか、どれほど思いを寄せていたのかを打ち明け合った。

莉子が、現地視察で偶然顔を合わせた時、駅まで送ってくれた弘樹に見送ってもらえたことが嬉しかったことを話せば、弘樹は講演会の日、後ろ姿だけで莉子に気付いたのだと自慢してくる。

弘樹を既婚者と信じて疑わなかったと話す莉子に、弘樹は「バカだな」と困ったように笑った。

そして自分の方こそ、莉子が失恋の傷を抱えていると信じたからこそ、既婚者のフリを続けていたと話した。

そんなふうに、間違って絡み合ってしまった感情の糸を紐解《ひもと》いていくと、いっそ最初に肌を重ねたあの夜からやり直したい気分にさせられた。

それでも今、グラスを傾けながら話している二人には、そんな遠回りも楽しく思えてくるのだから不思議だった。


それから一時間ほど、莉子は弘樹と二人でグラスを傾け、キスと会話を楽しんだ。

緊張がほぐれ、ほろ酔いになった莉子を、弘樹は泊まっていけばいいと引き留めた。

彼と少しでも長く一緒にいたい莉子に、それを拒《こば》む理由はない。

シャワーと共に、彼のパジャマを借りた。

長身な彼のパジャマが莉子の体に合うはずもなく、袖《そで》もズボンの裾《すそ》も幾重にも折る必要があった。

大きすぎるパジャマは、自分をひどく小さく頼りない存在に思わせるけれど、同時に彼に包まれているような心地よさもある。

先にシャワーを借り、教えてもらった寝室で待っていた莉子は、そわそわしながら室内を見渡した。

弘樹の寝室は、莉子の借りているマンションの部屋がすっぽり入ってしまいそうなくらい広く、寝具は手触りのいい黒のリネンで統一されている。

置いている家具は落ち着いた色調のものが多く、デザインのこだわりが際立っていた。

それらを間接照明の灯りが照らし、独特の表情を作っている。

——man《マン》 cave《ケイブ》
男の隠れ家や、男性の趣味部屋のような意味で使われる言葉が頭に浮かぶ。

弘樹のセンスで厳選した家具を品良く配置した寝室は、彼がくつろぐための場所なのだろう。

それは寝室だけに限らず、弘樹の暮らすマンションの部屋全体から受ける印象だった。そこには女性の影どころか、他の誰の存在も感じない。

そのことに安堵すると共に、そんな特別な場所に自分がいることに感動する。

「……」

手持ち無沙汰で両手を組み合わせた莉子は、パジャマの袖《そで》に鼻を寄せてホッと息を吐く。

——弘樹さんの香りがする。

一人暮らしの男性の部屋に泊まり、こうして彼のパジャマに身を包んでいる。

普段の自分ではあり得ないくらい積極的な行動なのに、あれこれ恥ずかしくなるより先に嬉しさが込み上げてきた。

そんなふうに思う自分は、先ほどのシャンパンで、かなり酔っているのかもしれない。

もしくは……

「……」

彼のベッドの端に腰掛け、あれこれ考えていると、シャワーを浴びた弘樹が寝室に入ってきた。

遠目に見てもまだ髪が湿っているのがわかる弘樹は、パジャマのシャツの前ボタンを留めていないので、はだけた隙間から引き締まった上半身が見えていた。

筋肉の筋が浮かぶほど引き締まった腹筋に、なんともいえない男の色気を感じて、顔が熱くなる。

——ああ、自分は加賀弘樹という存在に酔っているのだ。

諦めに近い感情で、そんなふうに考えてしまう。

そしてこの酔いは、アルコールとは違って、一晩眠ったところで覚めることはないのだろう。

「……」

「………先に言っておくけど、この部屋に人を泊めるのは、莉子が初めてだよ」

隣に腰を下ろした弘樹は、緊張で黙り込む莉子の姿になにを思ったのかそう切り出した。

まだ、莉子が彼の過去のあれこれについて気にしているのではと心配しているらしい。

ずっと完璧な大人として憧れと尊敬を抱《いだ》いていた人の弱気な部分に触れて、ついクスクス笑ってしまう。

「もう大丈夫ですよ」

この表情を見れば、彼の過去など気にしなくていいのだとわかる。

「私は、今の貴方を信じています」

少し前屈《かが》みになって笑っていた莉子が、上目遣いで彼を見上げた。弘樹が片眉だけを持ち上げて聞いてくる。

「誰を信じてる？」

「えっと、弘樹さん……っ」

莉子が彼の名前を口にすると、満足そうに頷く。

「信じてくれてありがとう。莉子、愛しているよ」

首筋に顔を寄せ囁《ささや》いた弘樹の声が、莉子の鼓膜に甘く響く。

くすぐったくて首をすくめると、弘樹に顎《あご》を持ち上げられた。

「莉子」

再度名前を囁《ささや》きながら、弘樹が唇を重ねてくる。

「……っ」

さっきもリビングで散々唇を重ねたのに、寝室で改めて交わす口付けは、ひどく甘美な味がした。

シャワーを浴びたばかりの彼の唇は、しっとりと濡れていて柔らかい。

「私も、弘樹さんを愛しています」

莉子は彼の背中に腕を回し、愛の言葉を返す。その唇の隙間から、彼の舌が侵入してきた。

弘樹の舌は想像していたより冷たく、アルコールで火照《ほて》る莉子の舌に心地よく触れる。

くる。

「ふぁ……ん……っ」

弘樹の舌に口内を舐《な》め回され、歯列をくすぐられる。

彼の舌の動きに合わせて自分の舌を動かしていくと、互いの体温も混じり合っていくようだ。

濃厚な口付けに、自分がより深く彼に酩酊《めいてい》していくのを感じる。

もっと彼を感じたくて、莉子は拙《つたな》いなりに自分から彼の舌に舌を絡めていく。

弘樹の口付けは巧みで、口内を舌で蹂躙《じゅうりん》していくと共に、顎《あご》を捉《とら》えた手で耳や首筋をくすぐって

息苦しいほどの深い口付けに思考が奪われ、肌は些細《ささい》な刺激にも敏感に反応してしまう。

愛撫《あいぶ》されているのは首筋なのに、下腹部に熱が溜まっていく。

そのまま彼の口付けに溺《おぼ》れていると、唇を離した弘樹が、唾液に濡れた莉子の唇を指で拭う。

「いい顔をしているな」

弘樹は彼女の唇を拭った指をペロリと舐《な》め、莉子に流し目を送る。

その野性的な熱を宿した眼差しに、莉子は僅《わず》かにたじろいでしまう。

次の瞬間、弘樹に肩を押されベッドに仰向けに倒れ込んだ。

柔らかなマットレスに体を沈められ、暖色系の照明に照らされた天井《てんじょう》が見えた。

でもすぐに視界には、弘樹の顔しか見えなくなる。

睫《まつ》毛《げ》の長さがわかるほど間近で見上げる彼の顔は、やっぱり彫りが深くて端整な顔立ちをして

いる。

「弘樹さん」

この人に、唯一無二の存在として求められている。

その幸福を噛みしめるように彼の名前を呼ぶと、弘樹が再び唇を重ねてきた。

捕らえた獲物を貪《むさぼ》るような激しい口付けに、莉子は息苦しさを覚えつつ、彼の背中に腕を回してそれに応《こた》える。

纏《まと》わりつく生地《きじ》が邪魔とでも言いたげに、弘樹は上半身を起こしてパジャマを脱ぎ捨てる。

そしてすぐに莉子に覆《おお》い被さり、唇を重ねながら彼女のパジャマも脱がせていく。

彼の唇を求めながら、莉子も体を動かして服を脱ぐのに協力する。

揉み合うように互いの腕を絡め、吐息を重ねる。二人が互いの肌を完全に晒《さら》す頃には、ベッドの中央に移動していた。

「莉子の肌は白いな。黒いシーツの上だと、その白さが際立つ」

ベッドの中央で莉子を組み敷き、肘をついてその顔を覗き込んだ弘樹がしみじみした口調で言う。

「そんなこと……」

肌に息が触れるほどの距離で囁《ささや》かれ、莉子の頬が熱くなる。

彼の目に自分がどう映っているのか知りたくて、彼を見上げると、そのまま唇を重ねられた。

食らいつくように深く唇を密着させ、弘樹は莉子を貪《むさぼ》ってくる。

口付けをしながら、彼の右手が莉子の脇腹を撫でた。

「……んッ」

大きな手に撫でられる感覚に思わず体を跳ねさせると、なだめるように弘樹の舌が莉子の歯列を撫でる。

弘樹が莉子の髪に指を絡めて軽く引っぱると、自然と喉を反《そ》らせる姿勢となり、より口付けの濃度が増す。

弘樹は莉子の上顎《あご》を舐《な》め、舌を絡めて軽く吸う。

唇を密着させて舌を絡めるうちに、口内からくちゅりと水音が漏れていく。

彼と唇を重ねるのはこれが初めてではないけれど、今日の彼は前回とはなにかが違う。

自分に向けられる彼の情熱が唇を通して伝播《でんぱ》し、莉子の意識を甘く蕩《とろ》けさせる。

互いの舌を絡み合わせることで生まれる、粘着質な水音が鼓膜に響いて恥ずかしい。

「愛している」

ひとしきり莉子の唇を堪能した弘樹が、甘く掠れた声で囁《ささや》く。

「私も……」

息を乱したまま、莉子がそれに応《こた》える。

そして彼の首に腕を絡めて、再び重ねた唇を動かし、「怖いくらいに愛してます」と溢《あふ》れる思いを言葉にする。

愛していると言葉にすることが許された喜びが、莉子の胸を熱くする。

弘樹も、それは同じなのだろう。

唇の動きで自分の思いを告げながら、莉子の胸に触れた。

ふっくらとした胸に、彼の指が沈む。

「……ン………ッ」

自分の肌に触れる彼の手の温もりに、莉子は甘い息を漏らした。

弾力を楽しむように弘樹に胸を揉みしだかれると、胸と下腹に甘い疼《うず》きが生まれる。

彼の手が動くままに莉子の胸も形を変えていく。

そうやって胸を弄《もてあそ》ばれているうちに、自然と胸の先端が硬く芯を持ち始める。

尖りだした胸の先端を爪でカリカリと引っ掻かれて、胸と下腹部で生まれた疼《うず》きが濃度を増し、莉子の全身を快感が包み込む。

「あっ」

愛撫《あいぶ》にうっとりとしていた莉子は、胸の先端を吸われたことで、思わず彼の背中に腕を回して縋《すが》り付く。

「素直ないい反応だ」

チラリと顔を上げた弘樹が、微《かす》かに口角を上げて囁《ささや》く。

そしてもっと素直な反応を見せろと言わんばかりに、より激しく胸の先端を刺激していく。

舌で舐《な》めしゃぶりながら強く柔く胸を揉まれると、下腹部には甘い疼《うず》きとは異なる熱が溜まっていく。

その熱により、じわりと汗が浮いてくる。

弘樹はその汗を味わうように、莉子の肌に舌を這《は》わせた。

「あ……ぁんッ」

ねっとりと肌を舐《な》める舌の感触に、莉子が熱い息を吐いた。

「莉子、感じている？」

そう問いかける弘樹の眼差しは、どこか加虐的《かぎゃくてき》な色を帯びている。

そんな眼差しを向けられて恥ずかしいはずなのに、莉子の奥からはトロリとした蜜が溢《あふ》れてきた。

「……うん」

莉子はおずおずと頷いた。

自分の淫《みだ》らな反応を認めると、肌がより敏感になったようだ。

莉子は溢《あふ》れ出る蜜を意識して、太ももを擦り合わせる。

弘樹はその動きを見逃さず、手を胸、お腹と移動させていく。

腰を撫でた手が足の付け根に触れると、それだけでさらに蜜が溢《あふ》れた。

「あぁっ！」

蜜を滴《したた》らせた陰唇を指で撫でられ、莉子は切ない声を漏らした。

「随分濡れてるな」

莉子の陰唇を撫でながら、弘樹が甘く掠《かす》れた声で囁《ささや》く。

彼がそのまま、ゆっくりと指を沈めてくると、膣がキュンッと疼《うず》いて、彼の指を締め付ける。

その反応に弘樹がニッと口角を持ち上げ、指を動かし始めた。

彼の指が膣壁を撫でると、無意識に膣壁が収縮して中の指に吸い付いてしまう。

「だが、まだ硬い。……せっかくだから、入れるのはもっと気持ちよくなってからにしよう」

その言葉に、莉子の体はさらに淫《みだ》らな反応を示してしまう。

彼の指が二本に増え、膣壁をバラバラと擦られる感触に、達してしまいそうになる。

「やっ……ッ」

踵《かかと》をシーツに滑らせ、込み上げる疼《うず》きをどうにか堪《こら》える。

そんな莉子の唇を、弘樹が甘噛みする。

「なんだ、これだけじゃ不満か？」

少し意地悪さを感じる声で囁《ささや》いた弘樹は、指を膣から抜き出し、莉子の膝を左右に割り開く。

「あッ！」

その動きで、彼が求めているのがなんであるかを察した莉子は、腰を捻《ひね》って逃れようとするけれど、弘樹がそれを許さない。

莉子の膝を曲げさせ、左右の足首を掴んでシーツに押さえつける。

そうやって大きく脚を開かされたことで、蜜を滴《したた》らせた陰唇がパクリと口を開く。

「ここは随分と物欲しげだな」

弘樹のその言葉に反応して、新たな蜜が溢《あふ》れた。

それが恥ずかしくて、脚を閉じようともがくのだけど、足首を押さえられているので、ただ腰をくねらせるだけになってしまう。

「恥ずかし……やぁっ…………」

莉子の制止の言葉を無視して、弘樹は蜜を滴《したた》らせたその場所に顔を埋《うず》める。

滴《したた》る蜜を舌で啜《すす》られ、莉子は拒絶することも忘れて息を呑んだ。

彼の舌が陰唇に纏《まと》わりつき、溢《あふ》れる蜜を舐《な》め取る。

ねっとりとした舌が敏感な肌を舐《な》める感覚に、無意識に握りしめた拳《こぶし》を噛んで悶《もだ》える。

「あぁっ……ぁぁぁぁっ」

蜜を拭うように舐《な》められるだけでも強烈な快楽を覚えるのに、弘樹は包皮に守られている肉芽を口に含んで軽く吸い上げた。

チュッチュッと音を立てて執拗《しつよう》にそれを吸われると、視界が霞《かす》むような甘い痺《しび》れに全身が包まれる。

「駄目っ、弘樹さん……っ」

莉子は体を反転させて、強すぎる快楽からの逃亡を試みるけど、足首を押さえられているのでそれが叶わない。

弘樹はそのまま舌で肉襞《ひだ》を押し広げ、膣の浅い場所を舐《な》めしゃぶる。

蜜を求める彼があまりに顔を密着させるので、高い鼻先が肉芽に触れた。

「キャッ……ぁっ！　やぁぁっ」

不意打ちの刺激に、莉子は鼻にかかった甘ったるい悲鳴を上げた。

弘樹はその声に気をよくしたのか、時折鼻先で肉芽を刺激しながら淫《みだ》らに莉子の蜜を啜《すす》る。

「弘……駄目な……鼻ッ……舌もやぁぁっ」

莉子は身悶《みもだ》えながら、甘い悲鳴を上げ続ける。

皮肉にも、莉子の必死な制止の声は、弘樹の耳には弱点を教えてさらなる刺激をねだる声として届いているらしい。止めるどころか、さらに執拗《しつよう》にその場所を攻めてきた。

臍《へそ》の裏が熱く疼《うず》き、正しい呼吸の仕方もわからなくなる。

抵抗する気力を失った莉子は、がっくりと浅い呼吸を繰り返す。

「莉子のここ、蜜がどんどん溢《あふ》れてきりがないな」

ひとしきり莉子の蜜を味わった弘樹は、上半身を起こした。

足首から彼の手が離れたことで、莉子はうつ伏せになって呼吸を整える。

息を切らせて脱力する莉子は、肩越しに乱暴に口元を拭う彼の姿をぼんやりと見上げた。

莉子の視線を感じた弘樹は、彼女の目を見つめながら指についた蜜を舐《な》める。

その姿は、獲物を味わう淫《みだ》らな獣を連想させた。

「舌だけじゃ、奥が物足りないだろう」

莉子を見下ろす弘樹は、そのまま背中から覆《おお》い被さるようにして彼女を抱きしめた。

そしてそのまま左手で莉子の胸を揉みしだきながら、右手を先ほど散々舌で愛撫《あいぶ》した場所に沿わせる。

「あ……弘樹さぁ………待っ！」

慌てて彼の手首を掴む莉子だけれど、構わず弘樹は彼女の蜜壺に指を三本纏《まと》めて沈めた。

弘樹の男性的な指はかなりの質量で、下腹部に圧迫感を与える。けれど、蜜と彼の唾液で柔らかくふやけた膣は、先ほどより簡単にそれを受け入れてしまう。

弘樹は沈めた指で、彼女の肉襞《ひだ》を擦ったり、襞《ひだ》を引き延ばしたりするように動かす。

胸を揉みしだきながら膣を刺激され、莉子は彼の腕の中で激しく身悶《みもだ》え、背中を反《そ》らせる。

弘樹は、肩甲骨や背中の窪《くぼ》みを舌で舐《な》めた。

「――っ！」

唾液を肌に擦り込むような舌の動きに、莉子は骨髄《こつずい》に電流を流されたような快楽に襲われた。

――気持ちよすぎて、なにも考えられない。

彼の舌や指で高められ、敏感になった肌は、些《さ》細《さい》な刺激でも簡単に絶頂を極めてしまう。

彼に与えられる快楽に溺《おぼ》れて身を委《ゆだ》ねているうちに、閉じた瞼《まぶた》の裏で光が明滅する。

「やぁあっ」

腰をカクカクと震わせ、莉子は喉を仰《の》け反《ぞ》らせた。

強い悦楽《えつらく》が、莉子の五感を支配する。

膣から指を抜き去った弘樹は、脱力して荒い息を吐く莉子の首筋に顔を埋《うず》めた。

「弘樹……さんっ」

自分を抱きしめる彼の手に自分の手を重ね、愛しい人の名前を呼ぶ。ただそれだけのことで、胸に熱いものが込み上げてきた。

「莉子、いい？」

臀部《でんぶ》に触れる熱で、彼の昂《たかぶ》りを感じる。

「うん」

再び自分に覆《おお》い被さる弘樹の首に腕を絡め、莉子が頷いた。

莉子の体を一度強く抱きしめた弘樹は、ベッドを抜け出す。

彼がどこかから取り出した避妊具を装着する気配を背中で感じていると、大きな手が莉子の肩に触れた。

「莉子、俺を見て」

弘樹に肩を引かれて体を反転させると、すぐに視界いっぱいに彼の端整な顔が迫る。

莉子に自分の存在を刻みつけるように、真っ直ぐ目を見つめてきた。

「弘樹さん、愛してます」

莉子が彼の名前を呼び、愛の言葉を囁《ささや》く。すると、微笑んだ弘樹が「俺もだ」と返して唇を重ねた。

そのまま、自分の昂《たかぶ》りを莉子の蜜口に沿わせ、腰を寄せてくる。

「……んっ…………はぁぁぁッ」

弘樹が腰を寄せると、蜜でふやけた膣口は、すんなり彼を受け入れていく。

彼のものは凶暴なほど太く、容易に受け入れるなんてできないはずなのに、先ほどの淫《みだ》らな愛撫《あいぶ》にふやけた膣は、溢《あふ》れ出る愛液を潤滑油《じゅんかつゆ》にしてなんの抵抗もなく呑み込んでいく。

下腹部を支配する圧倒的な存在感に、莉子の膣がヒクヒクと蠢《うごめ》く。

「莉子、愛してる」

再度愛の言葉を囁《ささや》く弘樹は、一気に最奥《さいおう》まで挿入することなく、浅い部分で抽送《ちゅうそう》を繰り返す。

「あ、やっはぁ……ぅあっ」

短く浅いスクロールを繰り返す弘樹は、その動きに合わせて揺れる莉子の胸を鷲掴《わしづか》みにして揉みしだく。

痛みを感じるほど強く胸を揉まれながら、腰を揺らされる。

その刺激に、莉子の腰がまた痙攣《けいれん》し始める。

その反応を感じ取り、弘樹は腰の動きを変化させた。

莉子の腰をがっしりと掴むと、一気に奥まで挿入し、音がするほど腰を打ち付けてくる。

「んぁぁぁふぁぁぁっ……ぁっ」

彼に体をゆすられながら、莉子はシーツを握りしめて身悶《みもだ》える。

もう限界だと思っても、膣はさらなる刺激を求めて、淫《みだ》らに収縮し彼のものを奥へ奥へと誘《いざな》う。

「莉子の中、熱い。……っ。それに随分いやらしく俺のものに絡みつく」

「違……っ」

慌てて首を横に振る。

だけどそれが嘘だというのは、肌を密着させる弘樹には伝わってしまう。

莉子の耳元に顔を寄せて「嘘つき」と囁《ささや》き、腰の突き上げを一層激しくさせた。

「あっっ！　やぁっあぁぁ」

律動に合わせて、莉子は甘い喘《あえ》ぎ声を上げる。

それと共に、肌が密接する場所から生まれる水音が、より淫靡《いんび》さを増していった。

彼に激しく腰を突かれ、莉子は羞恥心《しゅうちしん》も忘れて喘《あえ》ぐ。

弘樹は莉子のその反応に、満足げな表情を浮かべた。

その扇情的《せんじょうてき》な眼差しが、莉子を煽《あお》る。

「気持ちいい？」

その問いかけに、莉子は必死にコクコクと頷く。

その間も、彼の突き上げは止まらない。

「…………ッ」

気持ちよすぎて声も出せないけど、莉子が感じてしまうのは、彼の眼差しのせいだ。

愛する人が自分を求めてくれている。

莉子の反応全てを味わうような彼の熱っぽいその眼差しが、莉子の女性としての欲望を掻き立て、淫《みだ》らに狂わせる。

「――アッ！」

込み上げてくる快感に、莉子の腰がガクガクと震える。

踵《かかと》をシーツに滑らせ喉を仰《の》け反《ぞ》らせて喘《あえ》ぐ莉子に、弘樹が唇を重ねてきた。

そうやって感じる莉子の息遣いを楽しみながら、弘樹は腰の動きを速めていく。

それが彼からの合図と受け止めた莉子は、彼の腰に足を絡め自分の欲望を解放した。

「あぁあっ！」

彼の首に腕を回し、絶頂に上《のぼ》り詰めた意識が白く染まっていく。

一際甘く喘《あえ》ぎ、莉子が達したのを息遣いで感じ取った弘樹は、堪《たま》らず熱い息を吐いた。

「莉子、愛している」

唇を離し、莉子の細い腰を掴んで、腰の動きを小刻みに変える。

莉子の欲望を満たすためではなく、自分の欲望を満たすための動きが、感じきって意識を蕩《とろ》けさせている莉子の体により強い快楽を刻む。

「はぁあっはぁぁあっ」

彼の腰の動きに合わせて莉子が浅い呼吸を繰り返していると、弘樹が眉間に深い皺《しわ》を刻む。

「クッ」

苦しげな息を吐き、弘樹は莉子の中に白濁した熱を吐き出した。

「弘樹さっ……」

彼が自分の欲望を抜き出す感覚に腰を震わせ、莉子が弘樹の名を呼ぶ。彼は優しく莉子の髪を撫でた。

自分の髪に触れる彼の手に、莉子は自分の手を重ねる。

「愛してます」

愛する人にその思いを伝えられる幸せを噛みしめ、その言葉を口にすると、弘樹も「俺も愛してる」と頬に口付けた。


二度三度と激しく互いを求め合った後、彼の腕に甘えていると弘樹が深い息を吐いた。

「……そういうことなんだろうな」

彼の息遣いで心地よい微睡《まどろ》みから覚醒した莉子は、重い瞼《まぶた》を上げた。

「なにがですか？」

莉子は腕枕をされた姿勢のまま、少しだけ顔を上げて問いかける。

弘樹は起こしてしまったことを詫びて、呟きの意味を教えてくれた。

「ウチの父は婿養子で、母と結婚するために犠牲にしたものがあったように感じていたんだ。別に、婿養子で肩身が狭いっていうわけじゃないが、会社経営において俺や祖父に気を遣っているのは伝わってくる」

弘樹ははだけた布団を、莉子の肩まで引き上げて続ける。

「もともと仕事のできる人だから、なんだか勿体《もったい》ないような気がしてた。それもあって、俺には結婚というものが自分の才能やキャリアを犠牲にしてまで成し遂《と》げる価値があるものには思えなかった」

「ああ……」

結婚のメリットとデメリットについては、誰でも一度は考えることだ。

才能もカリスマ性もあり、建築界の王子様と囁《ささや》かれる弘樹なら、余計にあれこれ考えてしまうのかもしれない。莉子だって、これほど才能に溢《あふ》れる彼が、誰かに合わせることで、自由に仕事ができなくなるのは嫌だ。

きっと彼は、その自由を守るために、嘘の結婚指輪をしていたのだろう。

「でも、そんなふうに考えていた俺は、たぶん子供だったんだよ」

これまでの自分の価値観を振り返り、弘樹は苦く笑う。

そして、指輪を外した左手を莉子の背中に回し布団の上からそっと抱き寄せる。

「父はきっと、この幸福を知っていたから、別の可能性を手放すことができたんだろうな」

今なら理解できると、弘樹は真剣な眼差しを莉子に向ける。

「莉子、急がないから、いつか俺と結婚してほしい」

「……ッ」

あまりにも唐突なプロポーズに、完全に覚醒した莉子は目を丸くした。

そんな莉子の顔を覗き込み、弘樹は「もちろん急いで返事をしなくていいよ」とはにかむ。

「ただ俺はもう、莉子のいない人生なんて考えられないから、それを伝えておきたかったんだ」

それだけは理解してほしいと、莉子の額に唇を寄せる。

額に触れた唇の温もりで、急なプロポーズに戸惑うばかりだった莉子の心が冷静さを取り戻していく。

そして冷静になれば、莉子自身、彼と同じ未来を望んでいるのだとわかる。

「はい」

莉子がコクリと頷いて顔を上げると、弘樹が頬に手を添えてきた。

「ありがとう」

甘く掠れた声で囁《ささや》き、弘樹が唇を重ねた。

莉子が首の角度を調節して彼の唇を受け入れると、自分の選択が正しかったのだと実感した。

6　贅沢《ぜいたく》な時間

三月初頭、自分のデスクで資料を纏《まと》めていた莉子は、背後に人の立つ気配を感じた。

姿勢はそのまま肩と首を動かして後ろを向くと、缶コーヒーを持った雨宮が立っていた。

不機嫌さを振りまきながら仕事をするのは相変わらずだけど、バレンタインデーの日の騒動以降、神田や飯塚が目を光らせていることもあり、莉子に暴言を吐くようなことはなくなっていた。

和解というより小康《しょうこう》状態といった感じなので、なにか業務連絡でもあるのかと莉子は雨宮の言葉を待った。

「それ、いいいな」

軽く顎《あご》を動かし、雨宮はコーヒーを飲む。

彼の視線を辿《たど》って自分のデスクに視線を戻した莉子は、そこに広げたパンフレットを手に取った。

「シノワズリを意識したアンティーク調で、いいですよね」

莉子は今、新しく依頼を受けた店の内装に関する資料を纏《まと》めていたところだ。

神田所長の計らいで、若手は大きなコンペに参加させてもらうこともあるが、基本の仕事は、個人宅や別荘、テナントの施工《せこう》を主軸にしている。

大きな箱物は飯塚たちベテラン勢が担い、莉子などの若手は先輩の指示を仰ぎつつ小規模なものを担当することが多い。

建て売りではなく、クライアントの予算や要望を確認した上で、建築予定地の周辺環境を踏まえたデザインを提案していく。場合によっては、土地探しから手伝うこともあった。

莉子が今任されている案件は、用地がすでに決まっており、ラフで大まかなイメージの確認もできている。

クライアントが莉子のデザインを気に入り、彼女のセンスで話を進めてほしいと言ってくれているので、金額を含め内装の全体像がイメージしやすいよう、カタログや見本品の準備をしている最中だった。

雨宮には言う必要のないことだが、今回提案したイメージには、バレンタインデーに弘樹と訪れたレストランの印象が反映されていた。

バレンタインデーの日だけじゃない。弘樹は莉子を様々な場所に連れ出してくれる。

大人な彼が連れ出してくれる場所には、莉子の世代には敷居が高く尻込みしてしまうような場所も多く、彼と過ごす時間が、莉子にいい刺激を与えてくれていた。

「俺が言ってるのは、そっちのことだよ」

パンフレットに視線を向け、彼との幸せな記憶に浸《ひた》っていた莉子は、雨宮の声に現実に引き戻された。

雨宮は口につけていた缶を軽く動かす。

その動きで、彼が莉子の左手首を示しているのだと理解した。

そこには、スマートウォッチが巻かれている。

バレンタインデーの日、お互いの誤解を解き、弘樹と思いを通じ合わせて恋人になった。

その際、恋人の証《あかし》としてペアリングを買わないかと彼に提案された。

しかし弘樹とは、今後も職場で顔を合わせることもあるし、さすがに周囲の目が気になる。

相談した結果、お揃いの時計をすることにしたのだ。

とはいえ同じブランドのお揃いデザインの腕時計をするのも、それはそれで彼との関係を暗示しているようで躊躇《ためら》ってしまう。

そんな莉子を気遣った弘樹が、それならスマートウォッチならどうだろうかと提案してくれたのだ。

スマートウォッチなら利用者も多く、二人が同じ物をしていてもペアウォッチと思う人は少ないだろうと言うのが彼の意見である。

本音で言えば、莉子も彼とお揃いのものを身につけたかったので、その提案に乗りお揃いの腕時計を使い始めた。

「それ最上位クラスのやつだろ？　幾らした？」

雨宮は詳しいらしく、コーヒーをちびちび飲みながら莉子に聞いてくる。

「あ、えっと……」

自分が腕に巻くこれが最上位クラスのモデルであることも今知った莉子に、金額がわかるはずがない。

言葉に詰まっていると、雨宮が意味深に見つめる。

「貢物《みつぎもの》か？　お前、最近雰囲気変わったもんな」

「――っ」

一瞬、弘樹との関係を言い当てられたのかと思ったのだけど、雨宮の表情を見ているとどうもそういう雰囲気でもない。

それに、今日は、なんだかいつもより親しげだ。

「うまく小遣いを稼げよ。この世界、利口に生きた者の勝ちだ」

卑屈《ひくつ》な笑みを浮かべる雨宮は、莉子の肩をポンッと叩き、自分のデスクに戻っていった。

そんな雨宮の背中を見送る莉子は、胃の下を撫でられたような嫌な感じがした。

――弘樹さんとのことに、気付かれたわけじゃなさそうだけど……

もしそうだったら、雨宮のことだからもっとひどい言葉を投げかけてきたに違いない。

でも何故だろう、彼が口にした「うまく小遣いを稼げ」という言葉が気にかかる。

弘樹からの贈り物を「貢物《みつぎもの》」扱いされたのが不快だったからだろうか。

「……」

――雨宮さんと価値観が合わないのは、今に始まったことじゃないしね。

そう気持ちを切り替え、仕事に集中していると、腕時計が震えて弘樹からのメッセージが届いたことを教えてくれる。

メッセージの内容は、今日は早く仕事が終わりそうなので一緒に食事をしようというお誘いだ。

彼からのメッセージで、気持ちが一気に和《なご》む。

憧れであり、目指すべき目標であった彼と付き合っている状況には、今もまだ慣れない。それに、弘樹は忙しい人なのでいつでも会えるわけではなかった。

それでも彼は、こうして莉子と過ごす時間を作ってくれる。

その気遣いが嬉しいし、彼にそうしてもらえる存在であり続けたいと思う。

――そのためには、目の前の仕事を一つ一つ丁寧にこなしていかなくちゃ。

弘樹に承諾のメッセージを素早く返した莉子は、今度こそ仕事に意識を集中させた。


その日の夜、莉子は弘樹に連れられて、フランス料理に懐石《かいせき》料理の技法を取り入れた創作料理の店を訪れていた。

その店は、月ごとに旬の食材をテーマにメニューを決めているそうで、三月は、早採りの春野菜をふんだんに使った目にも鮮やかなプレートが続く。

「ここは、昼間の景色もいいんだよ」

料理に合わせて提供されるワインも厳選された名品揃いとのことで、グラスに注《つ》がれた赤ワインを空気と馴染ませながら、弘樹が窓の外に視線を向ける。

その言葉につられて窓の外に視線を向けると、ライトアップされた竹林が見えた。

綺麗に手入れされた庭園の奥に伸びる竹が近隣の建物との目隠しになり、都内にある店なのにどこか遠くに来たような気分にさせる。

横に広い掃き出し窓は、敢えて高さを出さず、ビルなどが視界に入ってこないように工夫されていた。

確かに昼間に来れば、庭の緑を楽しめるだろう。

「窓が横に広いと、庭の眺めが絵巻物みたいですね」

横広の窓には、存在感のある木製の太い窓枠が使用されている。黒塗りの壁の中、そこだけ切り抜かれたように明るく、自然と視線が向く。

そんな窓の向こうに広がる手入れの行き届いた庭は、一枚の絵のような美しさがあった。

莉子の感想に、弘樹は満足そうに頷く。

「今度は昼間に連れてくるよ」

弘樹はそう言って、庭に視線を向けたままグラスを口に運んだ。

「でも……」

表情を曇らせた莉子に、弘樹は微《かす》かに困り顔を浮かべる。

「料理が気に入らなかった？」

もちろんそんなことはない。

庭の眺めも内装も見事だし、季節の野菜をふんだんに取り入れた料理は、少量ずつ華やかな盛り付けをされて品数も多い。

全てが莉子の好みの造りとなっていた。

今日に限らず、弘樹は急遽決まったデートの時でも、莉子の好みを考えた素敵なお店を予約してくれる。

それはもちろん彼の愛情表現の一つで、本来喜ぶべきことなのだけど……

「なんていうか、私には贅沢《ぜいたく》すぎて戸惑ってしまいます。こんなに甘やかされたら、駄目になっちゃいそうで……」

せっかくのデート中にそんなことを言ってしまうのは、昼間の雨宮の言葉があったからだ。

もちろん弘樹との関係をそんなふうに考えたことはないけど、雨宮に『うまく小遣いを稼げよ』と言われたことで、身の丈《たけ》に合わない贅沢《ぜいたく》をしているような気持ちになる。

「確かに、仕事帰りのデートにしては、贅沢《ぜいたく》な食事かもな」

弘樹は、莉子の言葉を否定することなく柔らかく笑う。そしてテーブルに頬杖をついて不敵な笑みを浮かべた。

「だが俺は、惚れた女性はとことん甘やかす主義だ。それに贅沢《ぜいたく》を楽しむだけの稼ぎも十分ある。……日々の激務に忙殺されて使う暇のなかった金の使い道ができたんだから、諦めて付き合ってくれ」

弘樹は軽く顎《あご》を上げて、「なにか問題でも?」と視線で問いかけてくる。

確かに加賀設計の御曹司で、KSデザインの社長を務める彼には、そう言えるだけの稼ぎがあるのだろう。

それにデートの際、どちらか一方の生活水準に合わせて行き先を決めるのもなにか違う。

言いたいことを纏《まと》められず、難しい顔をしていると弘樹が優しく語りかける。

「それに俺は、莉子が贅沢《ぜいたく》を無駄遣いしないことを知っているよ」

「贅沢《ぜいたく》を無駄遣い?」

よくわからない言葉に首をかしげると、弘樹は自信満々な表情で続ける。

「意味もなく身の丈《たけ》に合わない贅沢《ぜいたく》をするのは、ただの無駄遣いだけど、自分を磨くための贅沢《ぜいたく》には意味があるだろ?」

そう言いながら、弘樹は料理、窓の外、店内へ順に視線を巡《めぐ》らせて、最後に莉子を見た。

莉子も彼の動きを真似るようにして、周囲に視線を巡《めぐ》らせる。

一皿一皿、細部にまでプロのこだわりを感じる料理に、手入れの行き届いた美しい庭、その全てを美しく演出するための内装。

それらを味わって、自分の糧《かて》にすることができるのなら、この贅沢《ぜいたく》は勿体《もったい》ないものではないということだろう。

確かに、この贅沢《ぜいたく》を浪費で終わらせるか、自分を成長させるために活かしていけるかは、莉子にかかっている。

そして弘樹は、莉子ならそれができると信じてくれているのだ。

そうであれば、せっかくの機会に萎縮《いしゅく》しているのは勿体《もったい》ない。

「なるほど……です」

「いい顔だ」

表情で莉子が気持ちの切り替えができたと理解して、弘樹が頷き、乾杯を求めるように軽くグラスを掲げた。

莉子も感謝の思いを伝えたくて、自分のグラスを軽く持ち上げる。

そうやって二人で食事を楽しんでいると、弘樹がふと思い出したといった感じで口を開く。

「そういえば、四月に横浜《よこはま》のホテルで神田さんの還暦《かんれき》を祝う盛大なお誕生日会を開くんだろ？」

弘樹の言葉に、莉子はナプキンで口元を押さえて笑う。

「お誕生日会って……誰に聞いたんですか？」

「神田さん本人。『盛大なお誕生日会を開くから、是非遊びに来てね。いつもチョコを貰ってるお礼に、美味《おい》しいものご馳走するから』って」

神田の口調を真似る弘樹に、噴き出しそうになる。ここは高級レストランだと自分に言い聞かせ、どうにか笑いを堪《こら》える。

「正しくは、長年の功績を称《たた》えて大きな賞をいただいたので、所長の地元でそれをお祝いする催《もよお》しをするんです」

そう説明すると、弘樹が小さく笑う。

「なんだ、そういうことか」

そうして食事を楽しみながら、神田所長のお祝いをなんにするか相談していく。

普段からスイーツは贈っているので、それ以外のものを贈りたいと莉子が言うと、弘樹も同感だと話した。

「じゃあなにを贈ろうかって考えると、これといったものが思いつかないんですよね」

メインディッシュであるジビエ料理を切り分けながら、莉子は小さく肩をすくめる。

切り分けた鹿肉を口に運ぶと、隠し味なのか山椒《さんしょう》の風味を感じた。

癖になりそうなその味を堪能しつつ贈り物について考えるが、莉子の頭の中では『神田イコール甘い物』という図式が出来上がっていて、他の案が思い浮かばない。

「神田さん、普通にお洒落だし、芸術関係にも精通しているよ」

莉子の動きを真似るように鹿肉を口に運んだ弘樹が言う。

「そうなんですよねぇ……」

実は名のある建築家である神田は、美意識が高く芸術全般を愛している。

しかし、そうとわかっていても、それを凌駕《りょうが》してしまうほど神田のスイーツ好きはインパクトが強いのだ。

莉子の意見に、弘樹は「確かに」と言って笑う。

そして彼は、ワインで唇を湿らせてから、莉子に誘うような眼差しを向けた。

「じゃあ今週末、一緒に神田さんのプレゼントを選びに行かないか？」

「いいですね」

どうしても思考がスイーツに流れてしまう莉子としては、弘樹が一緒に選んでくれるのはとても助かる。

なにより、彼と一緒に週末の予定を立てられるのが嬉しい。

弾けるような笑顔で莉子が即答すると、弘樹はスッと目を細め、艶《つや》のある眼差しで言葉を付け足した。

「夜は、そのまま俺の部屋に泊まってもらうけど？」

「……」

ストレートなお誘いに、頬が熱くなる。

気恥ずかしさから言葉を発せずにいる莉子の反応を楽しむように、弘樹は甘い声で続けた。

「俺の部屋に泊まるのが気乗りしないなら、プレゼントを探しに箱根《はこね》辺りまで出かけて、じっくり時間をかけて贈り物を厳選しているうちに、帰り損ねるというパターンでもいいよ。箱根にはウチの別荘があるし」

つまり、なにがなんでも莉子と週末を一緒に過ごしたいということらしい。

「それはもう、買い物じゃなくて旅行ですよ」

莉子のツッコミに、弘樹は悪びれる様子もなく肩をすくめる。

「一秒でも多く、莉子と一緒に過ごしたいんだ」

恥ずかしげもなく自分の希望を口にする弘樹は、莉子に甘えるような眼差しを向けてくる。

自分への愛情を隠さない弘樹の眼差しを持て余して、莉子はナプキンで口元を隠す。

そんな莉子を見て、弘樹がどこか不安そうな表情を浮かべた。

けどそれは誤解なのだ。

なんというか……『憧れの存在であった弘樹に手放しで愛される自分』という状況に、未だに実感が湧かず、こんなふうにストレートに感情を表現されると、どうしていいかわからなくなってしまうのだ。

同時に、自分の言動に一喜一憂している彼を見ると、莉子もちゃんと思いを言葉にしなくてはいけないという気持ちになる。

「今週末は、弘樹さんの部屋で過ごしたいです。旅行は、今度誘ってください」

莉子だって、一分一秒でも多く彼と一緒の時間を過ごしたい。

そしてせっかく彼と旅行に行くのなら、一緒にあれこれ計画を立てるところから楽しみたいのだ。

「わかった」

莉子の言葉で、たちまち弘樹は蕩《とろ》けるような甘い表情になり、ご機嫌な様子で食事を再開する。

そんな彼の様子をくすぐったく思いながら、莉子もまた食事を楽しむのだった。

◇　◇　◇

その週の土曜日。約束どおり弘樹と二人で神田へのプレゼントを探しに出かけた莉子は、夕方になってようやく彼のマンションに到着した。そして、購入した品々を眺めて思わずため息を漏らす。

「これはちょっと、どうかと思いますよ？」

「そう？　莉子が選んだネクタイ、神田さんに似合うと思うけど」

腰に手を当て莉子が睨《にら》んでも、弘樹は涼しい顔でそう返すだけだ。

弘樹の言うとおり、神田の服の趣味を考慮して莉子がプレゼントに選んだネクタイは、彼に似合うだろう。ちなみに弘樹は、莉子の選んだネクタイに合わせたネクタイピンとカフスを選んでいた。

それを見れば、神田が二人の関係に気付くかもしれないと心配する莉子に、関係を隠す気のない弘樹は、それならそれで都合がいいと言う。

というより彼としては、恩師でもある神田に、莉子と誠実な交際をしていることを早めに報告したいのだそうだ。

彼がそこまで考えてくれているのであれば、莉子が言うことはなにもない。

莉子が弘樹に物申したいのは、その他の買い物に関してである。

「私が言いたいのは、こっちの買い物のことです」

そう言って莉子は、リビングに置かれた紙袋の山を示す。

ファッションブランドの紙袋に始まり、コスメブランドやアクセサリーブランド、莉子がこの部屋で使う食器類などが納められた袋もある。

女性をターゲットにしたそれらのブランドの紙袋はポップな色やデザインのものが多く、シックな色使いで統一されている彼の部屋で、異様な存在感を放っていた。

華やかな紙袋の山をチラリと見て、弘樹は涼しい顔で返す。

「どれも、莉子がこれからこの部屋で過ごすのに必要なものだろ？　一通り揃えておけば、平日に泊まりに来ることもできる」

だからこの散財は、怒られるようなものではないと、弘樹は堂々と胸を張る。

「だからって……」

ものには程度というものがある。

莉子に似合うという理由だけで、値段も確認せずに買った品々を見て莉子がため息を漏らすと、弘樹がそんな彼女のご機嫌を取るように腰に腕を回して額に口付けてくる。

「それにこの買い物は、俺の勉強のためでもある」

「勉強？」

言葉の意図することがわからず、莉子は怒るのを忘れて彼を見上げた。

キョトンとした莉子の視線を受け止めた弘樹は、くすぐったそうに笑いながら買い物袋へ視線を向ける。

「俺の趣味で統一されたこの部屋に莉子の物が増えていくと、自然と部屋の雰囲気も変わるだろう？　つまり、結婚や出産で家族が増えていくにつれ、変化していく空間のあり方を学ばせてもらっているんだよ」

だからこれは、勉強に必要な経費なのだと弘樹は主張する。

ものは言いようである。

どう頑張っても彼には勝てない気がした。けれど、無駄遣いはよくないと上目遣いで睨《にら》む莉子に、弘樹はいいことを思いついたと満面の笑みを浮かべる。

「そんなに無駄遣いがよくないって言うなら、早く結婚して莉子がうちの家計管理をしたらいいよ」

これぞ名案とばかりに、弘樹は莉子の腰に両腕を回して踊るように体を揺らす。

「結婚したら、無駄遣いしませんか？」

自分からも彼の首に腕を回した莉子が聞くと、弘樹は澄まし顔で視線を逸らした。

「可愛い奥さんへの贈り物を無駄遣いと呼ばないなら、大丈夫なんじゃないかな」

それではなにも変わらないではないか。

「……もう」

莉子が甘い声でなじっても、弘樹は涼しい顔だ。

その屈託《くったく》のない表情を見ているうちに、しょうがないなという気分にさせられる。

だから莉子は、彼の胸に顔を寄せて本音を言葉にする。

「本当は、弘樹さんの贈り物は嬉しいです。私はここにいていいんだって思えるから」

金額云々《うんぬん》の遠慮をなしにすれば、それが莉子の本音だった。

ここに自分の居場所がある。

その幸せを噛みしめるように莉子が彼の胸に甘えると、楽しそうにその体を揺らされた。

7　真実の代償

弘樹との甘い週末を堪能した翌週の金曜。オフィスの近くにある鰻《うなぎ》屋で、莉子は雨宮と向き合って昼食を取っていた。

「なんだ、鰻《うなぎ》は嫌いか？」

せっかくの鰻《うなぎ》をがっつくようなペースで食べる雨宮が、箸《はし》を止めて聞いてくる。

――雨宮さんが食事をおごってくれるなんて、怖いです。それも鰻《うなぎ》……

そんな本音を、そのまま口にしていいわけがない。

「急にお昼を誘われた上に、鰻《うなぎ》屋さんに連れてこられて驚いているんです」

莉子は首を横に振り、そう答える。

昼休みになったタイミングで、コンビニに行こうと立ち上がった莉子に、雨宮が「おごってやるから飯に付き合え」と声をかけてきたのだ。

断る理由もなくそのままついてきた結果、莉子は今、彼と向かい合って鰻《うなぎ》を食べている。

神田所長や飯塚がおごってくれるというのであれば素直に喜ぶが、相手は雨宮だ。しかもそれが鰻《うなぎ》となれば、なにを言われるのかあれこれ警戒してしまう。

とはいえ、美味《おい》しい鰻《うなぎ》を残すのは勿体《もったい》ない。

「そういえば、ＫＳデザインとの共同事業、どのくらい進んでるんだ？」

ゆっくり食事を進める莉子の鼻先に箸《はし》を向けて雨宮が聞く。

去年の十一月、弘樹と話すきっかけをくれた商業施設は、今は解体工事の真っ最中だ。

「今月中に更地にして、来月から基礎工事に入ります」

「基礎は加賀設計が請け負うんだろ？　箱物はＫＳデザインの仕切り、内装はウチって話だけど、業者の選定はもうしたのか？」

弘樹を毛嫌いして、あれこれ難癖をつけていた雨宮が、何故そんなことを聞いてくるのだろう？

そんな疑問を抱《いだ》くが、職場が一緒なので隠しておく話でもない。

「まだです。基礎にかなり時間がかかるから、そこはゆっくり決めていいと言われているので、これまでお付き合いのあった工務店さんの状況を確認しながら検討している最中です」

加賀設計の構法の特色として、建造物の大きさにかかわらず、かなりしっかりした基礎工事をおこなう。

そのため内装に着手できるようになるまで、まだ時間に余裕があり、弘樹には勉強も兼ねてゆっくり決めていいと言われていた。

莉子としては、漆喰《しっくい》壁を任せる左官職人は特に厳選したいと思っている。

とはいえ、明確な工期がはっきりしない状況で、確かな腕を持つ職人さんを押さえるのは大変で、仲のいい工務店に探りを入れているところだ。

「雨宮さん、いい職人さん知っていますか？」

話のついでにそう聞いてみると、雨宮がニヤリと笑った。

「言い値の見積もりを出すって意味でか？」

何気なく返された雨宮の言葉に驚いて、莉子は箸《はし》を止める。雨宮は卑屈《ひくつ》な笑みを浮かべたまま、食事を再開させた。

核心に触れてはいないが、その一言で、いつだったか雨宮相手に抱《いだ》いた、よくわからない不快感の正体が見えた気がした。

莉子の強張《こわば》った表情に気付くことなく、食事を終えた雨宮はお茶を啜《すす》りながら腕時計に視線を落とす。

彼の腕時計が高価なものだと教えてくれた飯塚は、神田と共にそれを買った資金の出所を気にしていた。

『うまく小遣いを稼げよ』

そう訳知り顔で意見してきた雨宮の顔が脳裏に浮かぶ。

あの時感じた不快感は、恋人の贈り物を「貢物《みつぎもの》」と揶揄《やゆ》されたからだと思って流してしまったけれど、そうではなかったのかもしれない。

バラバラだったパーツが繋がり、朧《おぼろ》げながら嫌な答えが見えてくる。

もうとても、食事をする気分じゃない。

「……っ」

俯《うつむ》いて黙り込む莉子に向かって、雨宮が言う。

「それで本題なんだけど、業者の選定がまだなら、俺が懇意にしている業者を使ってやってほしいんだ。……もちろんタダでとは言わない。お礼の半分をやるよ」

嫌な形で嵌《は》まっていくパズルの最後のピースのような言葉に、莉子はグッと息を呑む。

「それは、賄賂《わいろ》ってことですか？」

だとしたら、これは見過ごしていい話ではない。

どうか間違いであってほしいと祈り、莉子は箸《はし》を持つ手に力を込めて雨宮の言葉を待った。

息を詰めて彼の言葉を待つ莉子を見やり、雨宮は軽く肩をすくめる。

「失礼な、ちょっとした心遣いだろ。施主《せしゅ》は大手で、多少工賃が上がったところで痛くも痒《かゆ》くもないだろうし、下請けは仕事が増えて、こちらも懐《ふところ》が潤《うるお》う。誰も損をしない、ウィンウィンってやつだろ」

卑《いや》しく笑う雨宮に、莉子は無言で箸《はし》を置き、財布から自分の分の食事代を取り出し机に置いた。

「私から誰かに話したりはしません。だから所長には、自分からこのことを伝えてください」

それが莉子にとって、先輩である雨宮にできる最大限の敬意だ。

莉子の反応から、雨宮は自分が大きな思い違いをしていたことに気付いたらしい。

一瞬、ハッと息を呑むが、それでもすぐに取り繕《つくろ》うように言う。

「お前だって、ＫＳデザインの加賀の下で、うまいやり方を学んだから最近変わったんだろ？　綺麗事言ったところで、その変貌ぶりを見ればわかるよ」

「弘樹さんは、そんなことしませんッ！」

雨宮と一緒にしてほしくない。

そんな感情が先走り、無意識に弘樹をファーストネームで呼んでしまった。それに気付いた莉子が、慌てて口を手で押さえた。

けれど、一度口にしてしまった言葉を取り消せるはずもない。

「へー、そっちか」

莉子を見て、雨宮が「女は得だよな」とニヤリと笑う。

そんな表情を見せた彼が、自分と弘樹の関係をどう受け止めたのかはわからない。とにかく今は、これ以上話したくないと莉子は頭を下げて店を後にした。


その日の午後、莉子は外回りを口実に雨宮と顔を合わせないようにした。

向こうも莉子との接触を避けているようで、終業の際にチラリと顔を合わせた時も話しかけてくることはなかった。

とはいえこれは、今日を乗り越えたら終わりにできるという話ではない。

仕事を終えて週末を一緒に過ごす弘樹のマンションに向かう間も、彼の部屋に着いてからも、莉子の頭の中はめまぐるしい感情が渦巻いていた。

「莉子、鍋いいの？」

弘樹の声に意識を浮上させた莉子は、目の前でグツグツと湯が煮立っている鍋を見て慌てる。

「あっ、すみません」

急いで火を止める。

先ほど出迎えた弘樹が、いつの間にか部屋着に着替えて傍《かたわ》らに立っていることに驚いた。

意識のほとんどを、昼の出来事に持っていかれていたらしい。

「ちょっとボーッとしてました」

そう笑って、莉子は再度コンロに火を点《つ》け沸騰した鍋の湯にパスタを入れる。そして隣のコンロで、下ごしらえを済ませていたソースの仕上げに取りかかった。

手際よく調理を進めていく莉子は、手元に視線を感じて顔を上げた。

するとキッチンのワークトップに肘をつき、こちらを覗き込む弘樹と目が合う。

「なにか手伝うことある？」

視線が重なると、弘樹がにっこり笑ってそう聞く。自分に真っ直ぐ視線を向ける彼の瞳の奥で、なにか聞きたげな雰囲気が見え隠れしている。

「えっと、お皿を出してもらっていいですか？　サラダの分も」

その言葉に、弘樹は「ＯＫ」と返してその場を離れていった。

彼の背中を見送り、莉子は料理に意識を集中させる。

普段、莉子を甘やかし、色々なことをしてくれる弘樹だが、自分としては一方的に愛情を与えられるだけでなく、自分からも返したいと思っていた。

だから、弘樹が忙しい時などは無理をせず、自分に食事の準備をさせてほしいと頼んだ。

その言葉に、弘樹は想像以上の反応を見せ、「俺のいない時でも自由に部屋に入ってくつろいでいいから」と、自宅マンションの合い鍵をくれた。

そんな経緯もあり、この週末は彼のマンションで、莉子の手料理を食べてゆっくり過ごす約束をしていたのだけれど、油断すると雨宮とのことを思い出し、あれこれ考えてしまう。

莉子は軽く首を振って、気持ちを切り替える。

とりあえず、今は弘樹のために美味《おい》しいご飯を作ろうと、莉子は手元の作業に集中していく。

食後、弘樹は「料理を作ってもらったから、片付けは俺がする」と言って譲らず、莉子はリビングに追いやられてしまった。

彼にゆっくりしてほしいのに、片付けを任せては本末転倒だと思うのに、弘樹は「莉子とは対等でいたいから」と言って、自分の主張を曲げなかった。

仕方なく弘樹の提案に甘えることにした莉子は、ソファーで弘樹を待つことにしたのだけれど、じっとしているとどうしても雨宮のことを考えてしまう。

「仕事でなにかあった？」

ソファーで膝を抱え込んでいた莉子は、頭の上から降ってきた声に顔を上げる。

いつの間にか洗い物を済ませた弘樹が、寂しそうな表情でこちらを見下ろしている。

咄嗟《とっさ》に表情を取り繕《つくろ》うのを忘れて、彼を見つめてしまう。

「あ、えっと……」

「俺の前では、そんな顔をして嘘をつかないで」

床に膝をつき、こちらと視線を合わせてくる弘樹は、柔らかな声で莉子に語りかける。

そんなふうに言われてしまうと、適当な嘘で誤魔化すことができない。

「……」

でもなにをどう話せばいいのかすぐに出てこなくて、莉子が口を噤《つぐ》んで言葉を探していると、ソファーの前のテーブルに放置してあったスマホが鳴る。

メッセージではなく通話を告げる軽やかなメロディーに、莉子は条件反射のように腕を伸ばしてスマホを手にした。

しかし画面に表示された名前を確認して、体を強張《こわば》らせる。

『神田デザイン・雨宮さん』と表示された画面に視線を走らせた弘樹が、仕事の電話と判断し一瞬腰を浮かせた。けれど、莉子の表情を見て思うものがあったのかソファーに座り直す。

電話を無視したところで、弘樹を誤魔化し続けることはできないし、雨宮との問題も解決しないだろうと、莉子はスマホの通話ボタンをタップした。

「もしもし……」

『お前、ＫＳデザインの加賀と寝て、仕事を取っただろ』

挨拶《あいさつ》もなくいきなり切り出された言葉は、目の前にいる弘樹の耳にも届いたらしく、眉間に深い皺《しわ》が寄る。

それでも今は自分が言葉を発するタイミングではないと判断したのか、視線で「どうする？」と莉子に問いかけてきた。

これは自分の問題だからと、莉子は首を横に振って毅然《きぜん》と声を発する。

「それは雨宮さんの誤解です」

その言葉に、雨宮が舌打ちするのが聞こえた。

『お前、アイツが既婚者だってわかってて、枕営業したんだろ。それって、知られたら困ることじゃないのか？』

「なっ……」

彼が既婚者云々《うんぬん》より、「枕営業」という言葉にカッと血が上《のぼ》る。

感情に言葉が追いつかず莉子が口ごもると、その隙を突くように雨宮が言う。

『証拠もあるんだから、誤魔化すなよ。それでちょっと相談があるんだが……』

そこまで聞いたところで黙っていられなくなったのか、弘樹が莉子からスマホを奪って立ち上がる。莉子が「あっ」と小さな声を漏らして手を伸ばすが、弘樹はその手をするりとかわして距離を取る。

「相談？　その切り出し方は脅《おど》しの常套句《じょうとうく》だろ」

突然聞こえた冷え冷えとした声に、雨宮がひるんだのがわかったのか、口角を持ち上げて強気な表情を見せる。

『誰……だ？』

「加賀弘樹だ。俺との関係をネタに彼女を脅《おど》すってことは、交渉相手が俺でも構わないだろ？」

そう言いながら、弘樹は大股でリビングを移動して、廊下へ出ていってしまう。

急いでその後を追いかけドアノブを掴んだ莉子は、それがまったく動かないことに気付いて彼の意図を理解した。

「弘樹さん、ちょっとっ！」

どんなにドアノブを揺らしても、閉じたドアはびくともしない。

ドア越しに彼の声が聞こえてくることから、弘樹はドアノブを押さえながら雨宮と会話しているのだろう。

莉子がドアを叩いたりドアノブを揺らしたりしているうちに、聞こえていた会話が途切れ、弘樹がドアを開けた。

「……今日の莉子の様子がおかしかったのは、コイツのせいか？」

スマホを莉子に差し出しながら、弘樹が険しい表情で聞く。

これはもう誤魔化しようがない。だけど、まだ神田にも報告していないことを、別会社の弘樹に話していいのか躊躇《ためら》ってしまう。

差し出されたスマホを受け取り、莉子はグッと下唇を噛んだ。

「とりあえず座って」

弘樹はスマホを握りしめて黙り込む莉子の肩を軽く叩いて、リビングのソファーに戻るように促《うなが》した。


莉子がソファーで待っていると、ほどなく弘樹がトレイを持ってリビングに戻ってきた。

「まずは温かいものを飲んで、気持ちを落ち着かせて」

莉子の隣に腰を下ろした弘樹は、持ってきたマグカップを莉子に握らせた。

手に伝わってくる温もりに誘われてカップに鼻を寄せると、ワインと共に微《かす》かな香辛料の香りがする。

さっき一緒に飲んだワインの残りで、ホットワインを作ってきてくれたようだ。

軋《きし》んだ心に、優しい温もりが心地よく広がる。

「美味《おい》しい……」

カップに口をつけた莉子は、そっと息を吐いた。

「よかった」

優しい声で呟いた弘樹は、自分用のグラスワインを口に運ぶ。

「ありがとうございます」

無条件に与えられる彼の優しさをしみじみ味わっていると、彼が優しく微笑んだ。

「アイツとの会話で、だいたいのことは察しがついている。それでも恋人として、莉子の口からなにがあったか話してほしい」

そう言って、弘樹は静かに莉子の言葉を待つ。

きっと彼が本当に知りたいのは、莉子が弘樹を信頼しているかどうかなのだろう。

そんな弘樹の頬を、莉子はそっと撫でた。

彼に話せずにいたのは、こんなふうに心配をかけたくなかったからなのに。

莉子が弘樹の頬を優しく撫でると、彼はその体温に甘えるように瞼《まぶた》を伏せる。

でもすぐに目を開けて、莉子に真摯《しんし》な眼差しを向けた。

「全て話します。だから弘樹さんも、雨宮さんとなにを話したのか隠さず私に教えてください」

「しかし……」

言葉に詰まる弘樹に、莉子は言い募《つの》る。

先ほど自分で言ったとおり、すでにあらかたの事情を察している彼は、放っておけば莉子の知らない場所で雨宮と話をつけてしまうかもしれない。

そんなのは嫌だ。

「弘樹さんを愛しているからこそ、私も対等でいたいんです」

それは互いの気持ちを確認し合った日に、弘樹が莉子に言ってくれたことだ。

「その言い方はズルいな」

彼女の言葉に、弘樹は苦笑を漏らす。

自分でもその自覚はあるけれど、そこは譲れなかった。

莉子はいつか彼に追いつきたくてここまで頑張ってきた。思いがけず恋人同士になれた今、それは仕事に限ったことだけじゃない。

「それに私は、職場で雨宮さんと顔を合わせるんですから、隠すのは得策ではありません」

様々な覚悟を決めて見つめていると、弘樹が深く息を吐いた。

「わかった」

惚れた女には勝てないといったことをぼやく弘樹に苦笑して、莉子は彼の淹《い》れてくれたホットワインで喉を潤《うるお》す。

「まだ所長にも話せていないし、かなり不快な話ですけど」

そう前置きして切り出した莉子の話は、弘樹もやはり不快に思ったらしく、話を聞くにつれ表情が険しくなっていく。

「……なるほどね。どういった類《たぐ》いのものかは不明だが、彼が不正を働いているのは間違いないだろうな」

話を聞きながら半分ほど飲んだワイングラスを揺らしながら弘樹が言う。

「そうですよね」

先ほどの電話を受けた時点で、莉子の疑念は確信に変わっていたが、やはり間違いないようだ。

「私が思わず口を滑らせてしまったせいで、雨宮さんは弘樹さんに対して、かなり失礼な誤解をしているみたいです」

莉子には、自分の不用意な発言でこの状況を招いてしまった自覚があるだけに、いたたまれない気持ちになる。

だけど弘樹は、そんなこと気にしなくていいと笑顔を見せた。

「その手の陰口は言われ慣れているから、今さらだ」

「けど……」

弘樹は華々しい経歴に甘えることなく、地道な努力を積み重ねてきた人だ。

それがわかっているだけに、莉子は雨宮の悪意に満ちた偏見が腹立たしい。

悔しさに下唇を噛むと、弘樹はその唇を指で押さえて窘《たしな》める。

「俺が傷付いてもいないことで、莉子が傷付く必要はないよ。俺に関しては、そんなことしてないって、莉子がわかってくれているならそれでいい」

「もちろん、疑ったりしていません」

断言した莉子は、喉を潤《うるお》すためにカップに残っていたホットワインを飲み干した。

「じゃあ、それでいい」

弘樹はこともなげにそう返した。

彼がそういう人だから、全てを任せてしまいたくなるけど、恋人としてそれは違う。

彼の言葉にコクリと頷き、莉子は気持ちを切り替える。

「私はちゃんと話しましたよ」

真っ直ぐ彼を見上げて言うと、弘樹にも莉子の言いたいことは伝わったようだ。

「それこそ不快な話だよ」

そう前置きして、彼が雨宮とどんな話をしたのか聞かせてくれた。

「……そうなんですね」

弘樹の話を聞き終えた莉子は、手にしていたマグカップに視線を落とした。

「どうしたい？」

なにを問いかけられたのかわからずキョトンとする莉子に、弘樹が言う。

「彼のしたことは、明確な脅迫だ。こちらにやましいことがない以上、公的手段に出ればいい」

確かに彼の言うとおりだ。

だけど……

「少し、考える時間をください」

神田所長や飯塚の気持ちを考えると、雨宮が更生する可能性を捨てたくない。

見るともなしにカップを見やりぼんやり考え込んでいると、弘樹がそれを取り上げておかわりはいるかと聞く。

莉子が首を横に振ると、弘樹は空《から》のカップをテーブルに置いて、莉子の頬を優しく撫でた。

「俺は、莉子の心が心配だよ」

そう話す弘樹は、ひどく気遣わしげな表情を浮かべている。

莉子は、そんな彼の目を見つめ返し、大丈夫だと微笑む。

「私だって、こんなことで傷付いたりしません。ただ、すごく悔しいんです」

「悔しい？」

弘樹の問いかけに、莉子はコクリと頷く。

「雨宮さんは、弘樹さんの努力に目を向けることなく、弘樹さんが不正をしているとか、男女の仲になれば仕事を回すとか、そんなふうに思っているんですよ。そんなの、この仕事と弘樹さん、両方に対してのひどい冒涜《ぼうとく》です」

もちろん莉子だって、建築の仕事をしたいという学生時代からの夢を叶えるため、長年努力をしてきたのだ。

そしてそれは雨宮だって同じはず。彼だってなんの努力もせずに今の職に就いたわけではないだろう。それなのに……

彼のおこない全てが悔しかった。

胸の中の感情を言葉にしたことで、湧き上がる憤《いきどお》りを抑えられなくなってしまう。

「怒っているね」

その問いかけに、莉子はフンと息を吐く。

莉子が泣くとでも思っていたのかもしれないけど、神田デザインで日々切磋琢磨《せっさたくま》している身としては、泣くことで問題から目を逸らしたりしない。

「あの人は、神田所長の下で働いて、たくさんのチャンスを与えてもらって、たくさんのいい出会いをしているはずなのに、なにも学んでいないんですっ！」

それが許せないと歯噛みしていると、弘樹に強く抱きしめられた。

「弘樹さん……？」

突然の抱擁《ほうよう》に戸惑い、彼の背中に腕を回しトントンと叩いてみる。

すると弘樹がより強く莉子を抱きしめて言う。

「莉子がそういう人だから、俺は愛さずにはいられないんだ」

「……」

「莉子は自己のプライドを守るために相手を貶《おと》めたりしない。いつも相手を正しく評価して、自分が進むべき道を見定めていける。そんな君が、俺の努力を知っていてくれるっていうだけで、これまでの努力が報われるよ」

「それは……私の台詞《せりふ》です」

莉子はそう返して、彼の背中に回す腕に力を込める。

周囲の声を気にしすぎて、偏《かたよ》った意見に萎縮《いしゅく》していた莉子の背中を押してくれたのは彼だ。

弘樹が莉子の努力を認めてくれて、このままの自分でいいと言ってくれたから、肩の力を抜いて仕事ができるようになったのだ。

「そう言ってもらえてよかったよ」

照れくさそうに笑う弘樹は、腕の力を緩め、莉子の顔を覗き込む。

そんな彼の動きに合わせて顔を上げると、自然と二人の唇が重なった。

「……っ」

「莉子、愛している」

短く唇を重ねて、弘樹が囁《ささや》く。

コクリと頷く莉子は、自分からも彼に唇を重ねることで思いを伝えた。

唇を重ね、視線を重ねてお互いの思いを感じ取ると、どちらからともなく再び口付ける。

互いの吐息を感じると共に、触れた肌から鼓動を感じて、愛おしさに胸がいっぱいになっていく。

——こんなに愛おしいと思える人に出会えるなんて、奇跡だ。

「弘樹さん……」

「莉子」

名前を呼び繰り返し唇を重ねていると、莉子の腕は無意識に彼の背中から首へと移動していく。

そして莉子の腰を抱いている弘樹の片手も、彼女の胸の膨らみへと移動した。

「――っ」

服の上から彼に胸を触られ、一瞬息を呑んだ。

でもすぐに、吐息と共に体の緊張を解く。

弘樹は、莉子の気持ちが落ち着いたのを手のひらから感じ取り、動きを再開させる。

唇を重ねたまま、弘樹は強く弱く莉子の胸を揉みしだく。

「弘樹さん」

明るいリビングでそんなことをされて、莉子は恥ずかしさから弘樹の胸を軽く押す。

「ごめん。愛おしすぎて止められない」

熱っぽい声でそんなふうに言われると、強く止めることができなくなった。

それに莉子自身、彼を求めているという本音もある。

「莉子」

弘樹は熱っぽい声で名前を呼び、そのまま彼女をソファーへと押し倒す。

十分な広さのあるソファーに身を預けて彼の首筋に腕を回すと、濃密な熱が二人を包む。

莉子に覆《おお》い被さる弘樹は、首筋に顔を埋《うず》めて彼女のスカートからシャツの裾《すそ》をたくし上げていく。

そしてシャツの下から手を滑り込ませると、ブラジャーの上から胸を揉みしだいた。

「……弘樹……さん」

ブラジャーの上から胸を揉まれ、漏れ出た柔肉に彼の指が触れる。

弘樹から与えられる刺激に敏感になっている肌は、少しざらつく彼の指の感触にも甘い痺《しび》れを生み出していく。

――恥ずかしいけど、彼にもっと触れてほしい。

相反する感情を持て余し、莉子はシャツの上から彼の手に自分の手を重ねた。

「あの……これ以上は、お風呂の後で………」

赤面する莉子は、視線を落として訴える。

その言葉に、弘樹が困ったように吐息を漏らし、ブラウスに潜《もぐ》らせていた手を抜いた。

「じゃあ、シャワーを浴びようか」

体を起こした弘樹が言う。

「はい」

自分から言い出したことなのに、いざ彼の体が離れると寂しくなってしまう。

それでも、ここでこれ以上のことはお預けだと、ソファーに座り直そうとした莉子の体を、弘樹が抱き上げた。

「えっ、きゃっ！」

背中と膝裏に腕を回され、いわゆるお姫様抱っこの状態で抱き上げられた莉子は、慣れない体勢に慌てて、彼の胸にしがみつく。

弘樹の胸は引き締まり、背中や膝裏を支える腕にもたくましい筋肉を感じる。

彼は莉子を落としたりしない。頭ではわかっていても、不安定な体勢が落ち着かない。

シャツを握りしめる莉子の姿にクスリと笑い、弘樹はそのまま歩き出す。

「あの、弘樹さん……？」

「一緒にシャワーを浴びよう」

莉子を抱え、バスルームへ移動しながら弘樹が言う。

「えっ！　あのっ」

「それとも、このまますする？」

「……」

何故、その二択なのだろう……

どちらの選択も恥ずかしすぎて、突っ込むこともできない。

弘樹は赤面する莉子の顔を覗き込むと「莉子の顔、真っ赤だよ」とからかってきた。

「そ、それは、酔ってるから」

余裕綽々《よゆうしゃくしゃく》といった感じで自分を見下ろしてくる眼差しが恥ずかしくて、咄嗟《とっさ》にそう言い返す。

するとと弘樹は、なるほどと頷いて、ニッと口角を持ち上げた。

「じゃあ、酔い冷ましに一緒に熱いシャワーを浴びよう」

「そんな……」

そんなことを望んで言ったわけではない。

こちらがなにか言うより早く、弘樹がキスでその唇を塞いでしまう。

「莉子が好きすぎて、一秒たりとも離れていたくないんだよ」

莉子だって、恥ずかしいだけで彼を拒《こば》みたいわけじゃない。

「もう……」

恥ずかしさを押し殺す莉子は、甘い声で彼をなじるとそのままその胸に甘えた。


弘樹が暮らすマンションのバスルームは広く、海外メーカーのバスタブを置いても窮屈《きゅうくつ》さを感じない。その手前の脱衣室も同様に広く、上品な色調で統一された内装は、高級ホテルと比べても遜《そん》色《しょく》のないラグジュアリーな雰囲気に満ちている。

脱衣スペースで互いに手伝いながら服を脱いだ莉子と弘樹は、口付けを交わしながらバスルームに入った。

莉子をバスルームに連れ込んだ弘樹が、彼女を抱きしめたままシャワーのハンドルを回すと、噴き出した湯が莉子の背中に触れる。

絹糸のように柔らかな湯が背中を伝い、臀部《でんぶ》やももを濡らしていく。

柔らかな湯の感覚に莉子がホッと息を漏らすと、顎《あご》を掴まれ弘樹に深く口付けられる。

先ほどリビングで交わした互いを思いやるようなそれとは違い、野性的な荒々しさを含んだ雄《オス》の口付けだ。

巧みな技工で舌を絡め取られ、莉子は溺《おぼ》れるような錯覚を覚えた。

弘樹の口付けは強烈な刺激となり、油断すると膝から力が抜けてしまいそうになる。莉子は、弘樹の首筋に腕を絡め、縋《すが》るようにして彼と唇を重ねた。

莉子の背中をかき抱《いだ》くように支えたまま、弘樹は備え付けの棚に手を伸ばし、ボディーソープをプッシュする。

そしてそれを泡立てて、手のひらで直接莉子の体を洗い始めた。

泡を纏《まと》った指が背中を這《は》う感覚は、肌を重ねる時とは異なる艶《なま》めかしさがある。

「あっ」

ヌルリとした手が肩甲骨を撫で、背中を這《は》っていく。そうして体についた泡を、シャワーヘッドから降ってくるお湯がすぐに洗い流していく。

弘樹はボディーソープをプッシュしてまた新しい泡を作ると、今度は莉子の臀《でん》部《ぶ》を撫でた。

「あぁっ」

小ぶりな臀《でん》部《ぶ》を撫で、そのまま脚の付け根に進む手の感覚に、莉子が熱い息を漏らす。

彼の手が触れたことで、自分のそこにボディーソープの泡とは異なるぬるつきを感じた。

彼の首に絡める腕に力を込め、莉子が腰をくねらせると弘樹が小さく笑った。

「莉子のここ、もう随分濡れてるよ」

どこか意地の悪さを感じさせる声で囁《ささや》いた弘樹は、「ここ」がどこであるかを示すように手のひらでゆっくりと陰唇を撫でる。

「んぁっ！」

泡を纏《まと》った指で敏感な場所を撫でられると、ゾクゾクした痺《しび》れが脊髄《せきずい》を突き抜けていく。

その刺激に膝から崩れ落ちそうになった莉子の腰を、弘樹がもう一方の腕で支える。

しかしそのせいで、蜜を滴《したた》らせるその場所に彼の指を深く迎え入れてしまう。

「積極的だな」

膣壁を擦る指の感覚に腰をくねらせる莉子の耳を甘噛みし、弘樹が意地悪く囁《ささや》く。

すごく恥ずかしいのに、莉子の体はその声に反応してさらなる蜜を滴《したた》らせてしまう。

「あ、やっ違っ――！」

そうじゃないと伝えたいのだけど、艶《なま》めかしい指の動きに声が出ない。

ふぁぁっと熱っぽい息を吐きながら、莉子はイヤイヤと首を横に振る。

「こら。それじゃあ、綺麗に洗えないだろう」

指を動かしつつ、弘樹が窘《たしな》めてくる。

その動きに、いよいよ膝から崩れ落ちそうになってしまう。

莉子の腰を支える弘樹は、しょうがないと言いたげに息を吐くと膣から指を抜き、両手で莉子の体を支えて体を反転させた。

「あっ」

軽くバランスを崩しかけた莉子は、慌てて目の前の棚にしがみつく。

そうすることで、無意識に腰を彼の方へ突き出す形になってしまった。

莉子が濡れないようにシャワーヘッドの向きを変えた弘樹は、彼女の肌にボディーソープの泡を塗りつけていく。

「あ……あっやぁ……だめ」

ぬめる手で胸を鷲掴《わしづか》みにされて、莉子は背中を反《そ》らせて喘《あえ》ぐ。

「洗ってるだけだよ」

弘樹は莉子の背中に覆《おお》い被さり、肩を甘噛みして反論する。

薄い前歯が食い込むと、肌にピリッとした痺《しび》れが走る。

腰をしならせる莉子の胸を、弘樹の大きな手が包み込んだ。

しかしその手は泡で滑り、すぐにスルリと乳房から離れる。

乳房を滑る手の動きに、莉子は熱い息を漏らした。

「んん……あぁ………っ」

体に泡を擦り付けるように動く手は、確かに莉子を洗っているのかもしれない。

だけどその動きは、確実に莉子の劣情を誘うもので、彼の手が触れた場所はどこも熱が灯り、すでに胸の先端が硬く芯を持ち始めていた。

滑《なめ》らかな指の動きで莉子の胸を愛撫《あいぶ》する弘樹が、その変化を見逃すはずもなく、人差し指と中指で胸の先端を挟んで引っぱる。

「あ、やぁっ」

与えられる刺激に、莉子はバスルームに甘くくぐもった声を響かせた。

背後に腰を突き出していることで、臀部《でんぶ》に彼の昂《たかぶ》りを感じる。

いつ挿入されてもおかしくない角度で触れている、熱くいきり立つ欲望の塊《かたまり》の存在を意識して、莉子の肌が緊張する。

「大丈夫、まだ入れないよ。もう少し莉子が気持ちよくなるまで我慢する」

莉子の緊張を読み取った弘樹が、耳元でそう囁《ささや》く。

そして胸を揉みしだいていた手を、片方、莉子の一番敏感な場所へと移動させた。

「あんっ」

まだ包皮に守られている肉芽を、彼の指が掠った。

ただそれだけの刺激で、莉子の蜜口は淫《みだ》らな愛液を吐き出す。

「さっきより、ドロドロになってるよ」

陰唇の襞《ひだ》を撫でながら弘樹が囁《ささや》く。

酔って欲望に忠実になっているそこは、彼の言葉にも素直な反応を示してしまう。

シャワーの湯やボディーソープとは異なるもので股を濡らしている感覚に身悶《みもだ》え、莉子は太ももを擂り合わせようとした。

だけど弘樹の手が邪魔をして、脚を閉じられない。それどころか、彼の指をより深く自分の中へ誘う形になってしまう。

蜜に濡れた弘樹の指が大胆に動き、莉子の肉芽を転がす。

ぬるつく指がクニュクニュと敏感な尖りをこね回す感覚に、莉子の腰が淫《みだ》らに揺れる。

「あぁ……はぁ、ふぅ……ぅ」

彼の指が動く度、莉子は甘い息を漏らして身を震わせた。

「莉子は、いじめられる方が感じるんだな」

からかいを含んだ弘樹の声が、息遣いとなって背中に触れる。肌がざわりと粟立《あわだ》ち、腰が震えてしまった。

唇を噛みしめ莉子が首を横に振ると、それを窘《たしな》めるように弘樹の指が莉子の中へ沈められる。

「あぁぁぁっ」

薄い茂みを掻き分けてツプツプと指が沈み込んでくる感触に、莉子は腰を反《そ》らして嬌声《きょうせい》を上げた。

弘樹の言葉を肯定したくはないけれど、いつもと違う状況でこんなふうに攻められると、体は淫《みだ》らに興奮し敏感な反応を返してしまう。

長い指を莉子の中に沈めた弘樹は、中で軽く指を折り曲げ、浅い部分を擦り始めた。

その刺激に、莉子の腰が軽く跳ねる。

「痛い？」

こちらを気遣う弘樹のその言葉に、莉子はフルフルと首を横に振る。

痛いのではなく、気持ちいいのだ。

莉子が痛みを感じていないと理解すると、弘樹は指の動きを再開させる。そうされると、臍《へそ》の裏側がどうしようもなく疼《うず》いていく。

「んっ！　ぁあぁっはぁ……ぁっ」

自分の中をこねくり回す指の感覚に、恥ずかしい声を抑えることができない。

「ほら、やっぱりいつもより感じている。俺の手が莉子の蜜でベタベタだ」

そう言って弘樹は、莉子の眼前に蜜で濡れた指を見せつけてきた。

「やぁッ駄目っ」

自分の淫《みだ》らさを見せつけられて、恥ずかしさで顔を逸らした。

「駄目？」

悪戯《いたずら》っ子のような声で問いかけながら、弘樹は再び脚の間へ手を伸ばす。

片手で莉子の胸を揉みしだき、もう一方の手で莉子の肉芽を転がした。

繰り返し与えられる刺激にビクビクと跳ねる背中に、弘樹は舌を這《は》わせる。

敏感になった場所を同時に愛撫《あいぶ》されると、強烈な甘い痺《しび》れが脊髄《せきずい》を貫き、瞼《まぶた》の裏で白い光が明滅し始める。

「やぁ……っ……あぁぁぁっ」

彼の指の動きに合わせて、莉子は体を震わせて喘《あえ》ぐ。

絶頂を迎えた腰はわなわなと震えて、快感の渦に呑み込まれる。

ガクガクと震える莉子を支える弘樹は、彼女の中に沈めていた指を抜き去った。その手でしっかりと腰を掴み、背中に覆《おお》い被さりながら聞いてくる。

「このまま、入れてもいいか？」

背後に感じる彼の体は熱く、零れる吐息から欲望の色が溢《あふ》れ出している。

「ここで……？　このまま？」

思いがけない言葉に驚き、首を捻《ひね》って彼に視線を向けると、情熱的な眼差しを向ける弘樹と目が合った。

彼の眼差しに、達したばかりの膣がキュンッと疼《うず》いてしまう。

自分の奥で、欲望が素直な反応を示すのがわかる。

避妊もせずに……という迷いが一瞬頭を掠めるが、タイミングがいつかまだわからないだけで、お互いに結婚の意思を固めているのだ。

それに莉子も弘樹も、授かった命に責任を持てるだけの仕事をしている。

「うん」

莉子がコクリと頷くと、弘樹が熱い息を漏らした。

そして腰を掴んだ手はそのままに、胸を揉んでいた方の手で昂《たかぶ》りの角度を調整して、莉子へ腰を寄せてくる。

「あぁぁぁっ」

いつも以上に硬く屹立《きつりつ》した彼の欲望が莉子の膣を擦っていく。

不慣れな体位での挿入に腰が戦慄《わなな》き、膝から崩れ落ちそうになる。

彼の欲望を全身で受け止めたくて、莉子は必死に棚にしがみつく。今にも崩れてしまいそうな膝に力を入れて、どうにか体を支える。

力を入れた体に膣も反応してしまい、自分の中にある彼のものの存在をよりリアルに感じてしまい腰が震える。

そんな莉子の反応を弘樹も感じているのだろう。

膣の中で彼のものがピクリと跳ねた。

「――っ」

その動きにも、莉子は感じてしまう。

一度深く自分のものを沈め込んだ弘樹は、熱い吐息を漏らすとゆっくり抽送《ちゅうそう》を始めた。

グチュグチュと淫《みだ》らな水音を立てて突かれていると、肌が甘く痺《しび》れ、意識が白い靄《もや》に包まれていく。

口付けと愛撫《あいぶ》で熱くなった体はとうに限界で、硬く膨れた彼の切先に擦られる度に意識が遠のきそうになる。

それでも彼にも自分で気持ちよくなってほしいという思いから、莉子は襲いくる快感を堪《こら》える。

「あ……あっ！」

彼のものが自分の中でより一層膨張するのを感じて莉子が背中を反《そ》らせると、弘樹が「クッ」と低く呻《うめ》く。

それと共に、白濁した彼の熱が莉子の中に放出されるのを感じた。

自分の中を満たす熱の荒々しさに、莉子がその場に崩れ落ちそうになると、弘樹にすかさず抱きしめられた。

脱力する莉子の視界に、自分のももを彼の白濁した液が伝っていくのが見える。

それをぼんやりと眺めている莉子を、弘樹が強く抱きしめてくる。

「愛してる。早く結婚したいよ」

彼のその言葉に導かれるように顔を上げ、彼に唇を重ねた。

「はい。私も同じ気持ちです」

そう返事をした莉子は、彼の胸に顔を埋《うず》め幸せを噛みしめた。

8　決着の時

四月。神田デザインの所長である神田のお誕生日会もとい、受賞祝賀会が開かれた。その日、誕生日会が始まる二時間前に、莉子は会場のホテルの近くにある展望台を訪れていた。

横浜を一望できる展望台は、休日ともなれば観光客で賑《にぎ》わうけれど、平日の夕暮れ時は、それほど混み合ってはおらず、チケットを買うとすぐにエレベーターへ案内してもらえた。

数人の客と共にエレベーターに乗り込んだ莉子は、込み上げる緊張からA４サイズの封筒を持つ手に力を込めた。

白くなるほど力の入った莉子の指先に視線を向けた弘樹は、その華奢《きゃしゃ》な体を包み込むように肩を抱く。

莉子は、そんな彼を見上げて大丈夫だと微笑んだ。

彼はこの後、莉子と共に神田所長の祝賀会に参加するため、洒落たデザインの黒のカクテルスーツをシックに着こなしている。

莉子も今日は髪を結い上げ、肩を露出させたワインレッドのドレスに身を包んでいた。

そんな装《よそお》いに、無機質な封筒はそぐわないが、これから向かう場所で必要なものだから仕方がない。

「なんだかこういうのって、歯医者に行く時の気分に似ていますよね」

彼に心配をかけたくなくて、莉子はにこりと笑う。

弘樹はその言葉に不思議そうに小首をかしげた。

「治療をしないといけないってわかってはいても、行くのは怖くて、その一歩を踏み出すのにはすごく勇気が必要なんです」

その説明に、弘樹は「ああ」と、納得した様子で頷く。

「もし気乗りしないなら、俺が一人で話をつけてくるけど？」

当然のようにそう申し出てくれる彼に、莉子は首を横に振る。

この先に待ち受けている人と対峙するには、それなりの覚悟が必要になる。だけど莉子は、弘樹一人にその面倒を押し付けようとは思わない。

——加賀さんに追いつきたい。

黄昏時《たそがれどき》の住宅街でそう思ったのは、去年の冬のこと。

その日から半年近くの間に、二人の関係は大きく変わったけど、あの日胸に抱《いだ》いたその思いは、今も変わらない。

というより、ただ彼に追いつくだけでなく、今は彼を支える存在にもなりたいと、さらに大きな野望を抱《いだ》いていたりもする。

だからこのくらいのことで、怖気《おじけ》づいてなんていられないのだ。

そんな思いを込めて、莉子は強気な眼差しを弘樹に向けた。

「私は、私が正しいと思うことをしに行くだけです」

今日の莉子は、ドレスに合わせて、珍しくヒールの高いパンプスを履いているので、いつもより少しだけ弘樹と目線が近い。

その距離で真っ直ぐ彼を見上げて話す莉子の言葉に、弘樹が眩《まぶ》しいものを見るように目を細めた。

「頼もしいな」

弘樹が優しく目を細めた時、小さなベルの音が響いて、エレベーターが展望台に到着したことを告げる。

扉が開くと、一緒に乗り込んでいた乗客がバラバラと操作盤の前に立つ従業員の脇をすり抜けて出ていく。

人の流れが収まるまでボックスに留まっていた莉子と弘樹は、最後にエレベーターを降りた。

そして、二人並んで順路に従って展望台を進んでいく。

ソファーの置かれたラウンジスペースに、莉子と弘樹を呼び出した相手が待ち構えていた。

よく知る人の姿に、莉子は静かに眉根を寄せる。

ゆっくり景色を楽しめるようにと設置されているソファーに座るのではなく、通路を見張るように窓の縁に浅く腰掛けたその人は、こちらに気付くと片方の口角を持ち上げてニヤリと笑った。

「雨宮さん、そこに座るのは非常識ですよ」

開口一番、弘樹にそう窘《たしな》められて雨宮は鼻白む。

盛装姿で現れた弘樹に気迫負けしたのか、小さく舌打ちしてソファーに座り直す。

虚勢を張ってか、顎《あご》の動きで莉子と弘樹に自分の向かい側に立つように指示する。

そんな彼も、今日はいつものビジネススーツより、明るい色味のスーツを着ていた。

不正を働き、莉子と弘樹を脅《おど》しておいて、この後のパーティーに出席するつもりでいるのだと思うと、なんとも言えない気分になる。

「よく二人で堂々と外を歩けるな」

彼の指示に従い窓を背に並んで立つ莉子と弘樹を見て、雨宮が卑屈《ひくつ》な笑みを浮かべる。

「なにもやましいことはないので」

弘樹が平然と返すと、雨宮が莉子に視線を向けて「不倫のくせに」と吐き捨てる。

「まずは、その証拠とやらを見せていただいてもいいかな？」

「ほらよ」

莉子に寄りそうように立つ弘樹が言うと、雨宮はソファーの向かいに置かれているテーブルに、スーツの内側から取り出した写真を放り投げる。

そこには、カメラ目線でピースサインをする弘樹の姿があった。

それは去年の冬、コンペに備えて現地の写真を撮りに行った際のものだ。

カメラを向けられ、茶目っ気たっぷりにピースサインを送る弘樹の左手薬指には、指輪が嵌《は》められている。あの時、弘樹には「後で消しておく」と言ったけれど、勿体《もったい》なくてつい消去しそびれていた。

「これを撮影した日付を調べたら、今小日向が絡んでいる合同事業が決まるより前のものだった。小日向、コイツと寝て、仕事を回してもらったんだろ？　それだけじゃない、他の仕事でもお前の案ばかりが採用された理由は、そういうことなんだろう？」

雨宮は勝ち誇った様子で語り、身を乗り出して写真に写る弘樹の手の部分を叩いて付け足す。

「ついでに言えば加賀は既婚者で、お前らは不倫関係だろ」

莉子だけでなく、弘樹まで呼び捨てにして、雨宮がいやらしく笑う。

うっかり弘樹をファーストネームで呼んでしまっただけのことで、雨宮の中ではかなり醜悪《しゅうあく》な妄想が出来上がっているようだ。

莉子としては、どうしてここまで悪意に満ちた妄想ができるのか不思議だけれど、弘樹に言わせれば雨宮の日常がそれだけ悪意で満ちているということなのだという。

最初、莉子にはその言葉の意味がわからなかった。

だけどこの写真を、目《ま》の当たりにしたことで、弘樹の言葉が正しかったことを理解した。

これを撮影したカメラは会社の所有物だけど、写真のデーターは、莉子専用のパソコンの中にしか残していない。

一応パソコンにはパスワード設定をしているけれど、引き出しを漁ればそのメモを見つけることができる。

一般常識を持ち合わせている者なら、当然そんなことはしない。

自身の非常識を棚に上げ、こちらを断罪するような眼差しを向けてくる雨宮を見ていると、勝手にパスワードが暴かれパソコンを漁られた怒りよりも、悲しさを覚えてしまう。

「で、ここに来たってことは、俺の話に応じるってことだよな」

「雨宮さんの要望は、私と彼女の不倫を黙っておく代わりに、貴方が懇意にしている業者をウチの工事で使えと。それも施工費《せこう》は先方の言い値でということでしたね？」

雨宮との心の距離を示すように、弘樹は自称に「私」を使う。

弘樹の言葉に、雨宮は顎《あご》の動きで肯定を示す。

あの日、莉子からスマホを取り上げた弘樹に、雨宮は先ほど彼が口にしたようなことを要求したのだという。

その後弘樹には、雨宮から返事を求める電話があったらしいが、莉子が少し時間が欲しいと頼んだこともあって、今日まで返事を保留にしていた。

「それが違法だって認識は？」

弘樹の問いかけに、雨宮は小さく舌打ちをする。

「綺麗事言うなよ。加賀設計ほどの大企業ともなれば、もっと汚いことして金儲けしてるんだろ？」

本当に雨宮の日常は、悪意で満ちているようだ。

悔しさに莉子は奥歯を噛みしめた。

非常識な手段で莉子のパソコンの中を調べても、交渉の材料になりそうなものがこの写真一枚だけだった時点で諦めてくれればよかったのに、雨宮は平然と弘樹を脅《おど》している。

立ったまま腕組みをする弘樹は、冷めた息を吐く。

「この写真一枚で、私と小日向さんが不倫関係にあると証明するのは、無理があるんじゃないですか？」

弘樹の当然の言葉に、雨宮は首を横に振る。

「あの日コイツは、俺のやってることに気付きながら所長に報告しなかった。その上、こうして二人でのこのここの場に来たんだ。それだけで十分な証拠だろ」

なあ。と雨宮は莉子に同意を求める。

今でこそ、決定的に相容れない存在となってしまった雨宮だが、莉子が神田デザインに入社した当初は、嫌味を言いつつ必要なアドバイスをしてくれたし、工務店との交渉で拗《こじ》れた際には間に入ってくれたこともあった。

彼のそんな一面も知っているからこそ、もし軌道修正できるのなら、自分の意思で正しい道に戻ってほしいと思っていたのだけど、彼は莉子のその思いを違う意味に捉《とら》えたようだ。

弘樹は「なるほど」と頷いた。

「汚れきった人間の目には、人の善意も歪《ゆが》んで見えてしまうんですね。先ほど貴方は、莉子のデザインばかり採用されると言っていましたが、その原因が自分自身にあるとどうして気付けなかったんですか？」

「……ッ」

雨宮がチッと舌を鳴らし、なにか言おうとするけど、弘樹は彼に発言の隙を与えずに言葉を続ける。

「コンペで目にする貴方のデザインの印象は、『自分がないのに、自己主張が強い』といった感じでしたが、本当に自分のことしか見ていない。相手の視線に立って考えていないデザインが、選ばれるわけがないじゃないですか。……きっと貴方は建築という仕事が好きなのではなく、自己顕示欲を満たす手段としてこの仕事を選んだのでしょうね」

弘樹はもともとストレートな物言いをする人だが、相手を傷付けないよう、ちゃんと言葉を選ぶ人でもある。

そんな彼が、ここまで苛烈《かれつ》な物言いをするのは、本気で怒っているからだろう。

「お前、いい加減にしろよっ！」

怒りに目をつり上げた雨宮が身を乗り出し、弘樹の胸ぐらを掴もうとする。けれど、それより早く弘樹に手首を掴まれ捻《ひね》り上げられた雨宮が顔を歪《ゆが》めた。

「いい加減にするのは、そちらの方でしょう」

怪我はさせないけど戦意を削《そ》ぐギリギリの力加減で雨宮の腕を捻《ひね》り上げた弘樹は、もう一方の手で彼の肩を押す。それと同時に掴んでいた手首を離した。

雨宮の体は再びソファーに沈み込んだ。

「――ッ！」

腕力で勝てる相手ではないと理解したのだろう。

体勢を崩したままソファーに腰掛けた雨宮は、鋭い眼差しで弘樹を睨《にら》み上げてはいるが、立ち上がって再度攻撃してくるようなことはない。

「加賀設計の御曹司に生まれたら、なんでも許されるなんて思うなよっ！」

吠える雨宮の言葉に、弘樹が面倒くさそうに息を吐いた。

加賀設計の御曹司に生まれたからこそ、努力を認められることなくやっかみを受け続けてきた弘樹としては、あまりの見当違いぶりに相手にするのもバカらしいと思っているのだろう。

しかし、いくら弘樹本人が気にしていなくても、莉子には聞き流せなかった。

「雨宮さん……」

覚悟を決めていても感情が追いつかず、傍観者と化していた莉子が口を開くと、雨宮がそちらへと視線を移した。

こちらを睨《にら》む雨宮は「あっ？」と声なく唸《うな》るが、ひるむことなく莉子は続ける。

「自分の方が優位に立っているからと、好き勝手に振る舞っているのは、雨宮さんの方じゃないんですか？」

そう言いながら、莉子は抱きかかえるようにして持っていた封筒を雨宮に差し出した。

「……？」

怪訝《けげん》な表情で差し出された封筒を受け取った雨宮は、乱暴な手つきで中の書類を取り出しそれを確認する。

そしてそこに記載されている内容を確認し、表情を強張《こわば》らせた。

「雨宮さんが懇意にしている業者さん、一軒一軒に聞いて回りました。雨宮さんより若く、女の私が話を聞きに行っても、最初は皆さん取り合ってくれませんでした。……でも時間をかけて説得したことで、そのうち数件の業者さんが重い口を開いてくれました」

そうやって裏を取った結果は、想像していたとおりのものだった。

懇意の下請け業者に工事の発注を回す代わりに、施工《せこう》費に自分の利益分を上乗せさせた金額を請求させる。

それはなにも最近急に始まったことではなく、数年前からおこなわれていたことらしい。

最初は少額の着服だったものが、最近は指示される上乗せ金額が跳ね上がって怖くなっていたと話す業者もいた。

その時期は、莉子がKSデザインとの共同事業を任された頃と一致する。

バレンタインデーの日、神田所長は不機嫌さをまき散らす雨宮の姿を見て「理想と現実の折り合いの付け方に悩んでいる」と話していたが、プライドが傷付いた彼は最悪な方法で、自分の心との折り合いをつけてしまった。

「下請け業者の方は、仕事を切られるのが怖くて雨宮さんの言いなりになってしまった。最初は少額だからと、貴方の指示に従ったら、それを口実に脅《おど》されて従うしかなかったと話していました」

「それがどうした？　脅《おど》されたくらいで言いなりになる、弱い奴らが悪いんだろ」

先ほど弘樹に「加賀設計の御曹司に生まれたら、なんでも許されるなんて思うなよ」と怒鳴った口で、ひどく横暴な言葉を吐く。

その矛盾に気付かない雨宮の思考は、ひどく破綻《はたん》している。

だから、誰かが彼に教えてあげなくてはいけないのだ。

「これは、犯罪です」

静かに告げる莉子の言葉に、雨宮が小さく舌打ちをする。

「アイツら、加賀設計の御曹司に頼まれたからって、俺を売りやがったな」

「この件に関して、俺はなに一つ手を貸してないよ。全て彼女一人で調べたことだ」

弘樹の言葉に頷くことで、莉子は彼の言葉を肯定する。

もちろん弘樹は、この件に関して莉子が証言を集めやすいように協力すると言ってくれた。

だけど今の雨宮は、弘樹の手を借りて罪を暴けば彼を逆恨みするだけで、自分の犯した罪ときちんと向き合わない気がした。

だから雨宮が女だからと散々侮《あなど》ってきた莉子一人の力で、この件についての証言を集めなければいけないと思ったのだ。

「皆さん、仕事を切られるのが怖くて雨宮さんの言いなりになっていた反面、どこかで誰かに止めてほしかったんだと思います。だから私に、真相を話してくれたんです」

「だからなんだ？　これを公表したら、お前の不倫も公表してやるからな。第一よく考えろ、これが表に出たら事務所の信頼だってがた落ちになるんだぞ」

反省の色を見せるどころか、なおも脅《おど》しにかかる雨宮の頭上から「構いませんよ」と声が降ってきた。

その言葉に背後を振り返った雨宮は、いつの間にか自分の背後に立っていた二人の男性のうちの一人が誰であるか理解すると、大きく目を見開く。

「所長っ！　なんでここにっ」

神田の存在に驚く雨宮の角度からは見えていないようだが、莉子たちから少し離れた場所には、飯塚も待機している。

そこまで意識が回らない雨宮は、中途半端な位置に浮かせた右手の人差し指を神田に向け、口をパクパクさせている。

「人を指さしてはいけないよ。そんな基本的な礼儀さえも、僕は君に教えてあげることができなかったようだね」

そう告げた神田の表情は冷たく、いつもの柔和《にゅうわ》さはどこにもない。

神田に指摘され、雨宮は慌てて指を下げる。だが、そんなことでこの場の空気が改善されるはずもなく、神田は冷めた眼差しを雨宮から彼の手元の書類へ移動させて言う。

「どうして僕がここにいるか。それは小日向君から、君についての報告を受けたからだよ。……そして君は、こうして君の不正を暴く小日向君の心の痛みも、まったく理解できていないようだね」

後半の言葉は、莉子を睨《にら》む雨宮の態度を見てのものだ。

だけど、そんな神田の声など耳に届いていない様子で雨宮が言う。

「小日向、この先お前や加賀がどうなっても知らないからな」

「どうなるか……かなりの確率で、そのお嬢さんが加賀家の嫁になっているのではないかね」

渋い表情で雨宮の言葉に答えたのは、神田の隣に立つ年配の男性だ。

神田の登場に驚き、そちらにばかり意識がいっていた雨宮は、そこで初めて、もう一人の男性へ視線を向けた。

しかし雨宮には、その男性が誰かわからなかったのだろう。

眉間に深い皺《しわ》を刻んで軽く首を捻《ひね》る。

「アンタ誰だ？」

部外者は首を突っ込むなと言いたげな雨宮の態度に、離れた場所に控える飯塚が額を押さえるのが見えた。

長く建築業界に身を置く飯塚としては、この男性が誰であるか知らないなんて、考えられないことなのだろう。とはいえ、飯塚より少し若い世代にとっては、彼の存在は雲の上すぎる。今は彼の孫の弘樹の方が、広く知られているだろう。

正直に言うと、莉子も先日のパーティーで顔を合わせるまでは、この男性が誰であるか知らなかった。

「私の祖父です」

弘樹の言葉に合わせて、弘樹の祖父である加賀秀幸が首の動きで挨拶《あいさつ》する。

目の前の相手が誰か理解した雨宮が、微《かす》かに身を引く。

けれどすぐに気持ちを立て直して、攻撃的な口調に戻った。

「なんだ、加賀の権力を使って孫の不倫をもみ消しにでも来たのか⁉」

雨宮の言葉に、秀幸だけでなく神田も呆れたため息を吐く。

そんな二人の態度に、さすがにおかしいと思い始めたのか、雨宮が怪訝《けげん》そうに眉根を寄せてこちらに視線を向ける。

その視線を受けた弘樹が口を開いた。

「雨宮さん、貴方が私と彼女の関係を疑ってから今日まで、その写真を手に入れる以外になにをしましたか？　……せいぜい、周囲の同業者に私が既婚者かどうか聞くくらいでしょうか？　私の勘としては、それさえもしていないと思いますが」

弘樹の言葉に、雨宮が唇を引き結ぶ。黙り込んだところからして、弘樹の勘は当たっているのだろう。

そんな彼に、弘樹も深いため息を吐いて続ける。

「もし本気で私の不倫の証拠を手に入れようとしていたのなら、誰も私の妻を見たことがないということに違和感を覚えたはずです。ついでに言えば、世間に広まる私の噂は、正式な結婚ではなく『内縁の妻がいるらしい』となっていたはずです」

そんな弘樹の言葉を補足するように、秀幸が言う。

「私がこの場所に来たのは、相手もおらんのに薬指に指輪をするようなバカな孫が、やっと結婚する気になったみたいだから、多少の手助けをしてやろうという気になったからだ」

「……？」

なにを言われているのかわからない——顔にそう書いた状態で視線を巡《めぐ》らせる雨宮に、神田がため息交じりに告げた。

「あのね雨宮君、加賀君は女性避けのために左手の薬指に指輪をしているだけで、独身なんだよ。僕たちは彼が既婚者でも独身でも関係ないから、指輪をしていれば『結婚しているのかな？』くらいに思うだけで深く追及はしなかった。といっても、加賀家の御曹司が結婚したという話は聞かないから、『正式に籍は入れてないのかな？』くらいに思っていた」

「え……」

ただそれだけだよと、肩をすくめる神田を見上げて、雨宮はポカンと口を開ける。

「せめて僕に探りを入れてくれれば、それくらいは教えてあげたのに、君は加賀君が既婚者と決めつけて、それさえもしなかったんだね」

残念そうにため息を吐く神田の言葉を引き継ぐように弘樹が言う。

「彼女が貴方の不正に気付き、貴方が私と彼女の関係を疑った日から今日まで、貴方は情報収集をすることもなかった。だけどそれと同じ時間をかけて、彼女は疑念を確証に変えるまできちんと調べあげた。……それが二人の違いで、彼女の仕事が選ばれている理由ですよ」

雨宮は悔しげに唇を噛みしめ、莉子に攻撃的な視線を向けた。

そんな雨宮に神田がため息を漏らし、奥に控えていた飯塚に目配せをする。すると、壁に背中を預けてこちらを傍観していた飯塚が、こちらへ歩み寄ってきた。

そして雨宮の傍《かたわ》らに立つと、彼の肩を掴んで「立て」と短く命じた。

「飯塚さんまで、どうして……？」

彼までがこの場に来ていることに驚き、雨宮は目を白黒させる。

飯塚は無言のまま雨宮の肩を掴む手に力を入れて、強引に立ち上がらせた。

眉間に深い皺《しわ》を刻み、怒りを露《あら》わにしている飯塚に、神田が声をかける。

「悪いけど、雨宮君を頼むよ」

無言で頷いた飯塚と神田を見比べて、雨宮が顔を蒼白にするけどもう遅い。

そんな雨宮を見て、飯塚がやっと口を開いた。

「所長も俺も小日向さんも、お前に立ち止まるチャンスを何度も与えたはずだ。それを無視してここまで落ちたお前に、かける情はもうない」

飯塚は、怒りを声に滲《にじ》ませて吐き捨てるように言う。

それでもなお雨宮は体を捩《よじ》って飯塚の手から逃れようとするが力の差があって、逃れることができずにいる。

ここにきてなお、往生際悪《おうじょうぎわわる》く暴れる雨宮に、弘樹が言った。

「人のせいにしたまま逃げようとする貴方には、証拠を揃えるまで、事務所の誰にも相談せず、たった一人で奔走《ほんそう》した彼女の心の痛みを理解することはないんでしょうね」

弘樹の言葉に、雨宮からの返答はない。

ただただ、二人に憎しみの眼差しを向けるだけだ。

そんな雨宮の態度に、いよいよ見切りをつけたのか、飯塚は深いため息を吐いて雨宮が手にしていた書類を取り上げ、彼を引きずるようにして歩き出した。

「あの、雨宮さんの不正に協力していた下請け会社は、どうなるんでしょうか？」

物憂《ものう》げな顔をする莉子に、神田が軽く手を動かして答える。

「雨宮君の依頼を断ることで、仕事を切られるのが怖かったんだ。向こうもある意味被害者だろう。……ただ、このまま取引を続けていくのも、お互いに苦しいかもね」

そっと眉尻を下げる神田所長の言葉を、秀幸が引き継いだ。

「その下請け会社には、ウチが仕事を振ろう。……ソレに頼まれたしな」

顎《あご》の動きで、秀幸は弘樹を示す。莉子が弘樹に視線を向けると、彼は無言で肩をすくめる。

この結果を予想して、事前に話を通してくれていたらしい。

「そうか。ありがとう」

弘樹の配慮に、神田が深く頭を下げた。

「いえこちらこそ、せっかくの神田さんのお祝いの日に、嫌なものをお見せして申し訳ありませんでした。それに……」

頭を上げた神田は、弘樹にそれ以上言わなくていいと首を横に振る。

「これは、彼の孤独を理解してやれなかった僕の責任でもあるからね。せめて次の世代を担《にな》う加賀君に、経営者は、これくらいのことでくじけちゃいけないと示せるような、いい仕事を今後もできるように努力するよ」

そう言って神田は目尻に皺《しわ》を寄せる。

これまで後進の育成に尽力してきた神田にとって、雨宮の裏切りは相当ショックだったはずだ。それでも彼は、そう言って優しく笑う。

神田は次に莉子へ視線を移し、いつもの朗《ほが》らかな口調で言った。

「ところで、僕はここに来たら必ずソフトクリームを食べることにしているんだ。小日向君、ちょっと付き合ってくれないか」

そう言うと、神田は莉子の返事を待つことなく歩き出した。

「……」

莉子は心の中で「こらこら」と神田の背中にツッコミを入れる。

――本当に、甘い物に目がない以外は理想的な上司なんだけどな。

「ああ、神田さんそれなら俺が……」

思わず呆れて出遅れてしまった莉子の代わりに、弘樹が足を動かす。

だけどその声にくるりと振り返った神田は、手の動きでそれを断り莉子についてくるよう手招きする。

と同時に莉子へ目配せし、弘樹と秀幸を視線で示した。

そこでやっと、莉子は神田が、弘樹が祖父と二人で話す時間を作ろうとしているのだと気付いた。

慌てて神田に駆け寄った莉子は、「私がご馳走します」と声をかける。

「それは嬉しいね」

莉子の言葉に、神田は穏やかな表情で目を細めた。

莉子が購入したソフトクリームを食べながら、神田がポツリと言う。

「辛い役目をさせてしまったね」

申し訳ないことをしたと眉尻を下げる神田は、自分たちが歩いてきた方へ視線を向けて続けた。

「ウチはこれからしばらく荒れるだろうから、加賀君の事務所に移りたかったら移っていいよ。彼のところなら、安心して君を任せられる」

なんだか娘を嫁に出す父親のような言葉に、胸が熱くなった。

莉子は神田に、その気遣いは不要だと首を横に振る。

「これからも所長の下で勉強させてください」

揺るぎない意思の強さを感じさせる莉子の言葉に、神田が嬉しそうに目を細める。

「小日向君や加賀君のような子に出会えるから、今回のようなことがあっても、まだまだ引退する気にはなれないね」

彼の言葉に莉子は安堵の息を漏らした。

そんな莉子を見て、神田はからかうような口調ではっぱをかけてくる。

「僕を元気づけたいのなら、君がＫＳデザインに勝てる仕事をしてくれると嬉しいんだけどね」

「うっ……」

思わず顔を顰《しか》める莉子だけど、頭の片隅では次にＫＳデザインと対峙できるのはいつだろうかと考えている。

「今度こそ、ウチが勝利してみせます」

強気な笑顔でそう返す莉子に、神田がそれでいいと頷く。

「あ、でも結婚準備の時は、遠慮なく休んでね。加賀設計の御曹司と結婚するともなれば、準備も大変だろうからさ」

茶化すような神田所長の言葉に、莉子は気が早いと笑う。

だけど弘樹の家柄を考えれば、確かに大変そうだ。

「経営者の妻なんて、華やかなようで苦労も多い。逃げ出すなら、今のうちだよ」

ふと頭をよぎった不安を見透かされたのか、神田が試すような視線を送ってくる。

でもその眼差しは、莉子の答えを知っているようだ。

「頑張ります」

「そうだね。君はそういう子だ」

神田はそう言って、嬉しそうにソフトクリームを食べた。

◇　◇　◇

「下請け会社の件、ありがとうございます」

莉子と神田所長が離れると、弘樹は祖父に頭を下げた。

雨宮との対決を前に、莉子は下請け会社の今後を心配していた。

それで弘樹は、祖父にその辺のことに関して相談し、今回の対応を決めたのだ。

そのやり取りの際に、祖父は弘樹の語る莉子の人となりに好感を持ってくれたようで、心配するような結果にはしないと約束してくれた。

心からの感謝を込めて深く頭を下げる弘樹にちらりと視線を向けた秀幸は、再び莉子たちが歩いていった方に視線を向けて言う。

「らしくなく、感情的になっていたな。私が知るお前は、我が孫ながら才能に恵まれ華がある分、ひょうひょうとして真剣味に欠ける男だったが」

そんなふうに言われると面白くはないが、どうしても雨宮が許せなかった。

それはもちろん、同業者としての倫理観として許せないというのもあるが、出会った最初の頃の莉子は、個性を押し殺し、周囲に対してバリケードを張っているようだった。彼女がそうなった原因の一端が雨宮にあったと思うと、腹立たしかったのだ。

「彼女を守りたくて必死だったんです」

気恥ずかしさに負けて、彼女を思う気持ちを適当な言葉で取り繕《つくろ》ったりはしたくない。

弘樹の正直な言葉に、秀幸は僅《わず》かに目を大きくする。

血の繋がった祖父であり、親会社の社長でもある秀幸にそんな反応をされると、かなり恥ずかしい。

「彼女の存在に救われたので、彼女のためなら自分の全てを差し出す覚悟です」

加賀設計の御曹司に生まれたことで様々な恩恵を受けると共に、理不尽なやっかみに晒《さら》されることも多かった。

もちろん弘樹は、そんな偏見に屈することはなかったし、持ち前の我《が》の強さから、色眼鏡で自分を見てくる奴らの鼻を明かしてやるつもりで仕事に邁進《まいしん》してきた。

生まれ持った才能も手伝い、今では次世代の建築業界の担《にな》い手としての地位を揺るぎないものとしている。

でもそうやって頑張って結果を出せば出すほど、周囲との温度差を感じていたのも事実だ。

莉子は、そんな自分を一人の人間として見てくれて、ただの男として愛してくれた。

「以前とは顔つきが変わったな。経営者として、いい面構《つらがま》えになった」

一緒にいて、なんの駆け引きも必要としない彼女から、真っ直ぐな愛情を向けられたことで、弘樹はこの先、自分が背負う責務と向き合う覚悟ができたのだろう。

「そうですね。抱えている仕事の目処《めど》がついたら本社に戻りますので、ご指導をよろしくお願いいたします」

これまで、本社に戻ることで、今以上のしがらみを背負うことを面倒に思っていたが、不思議と今はそう感じない。

自分の生き様を、莉子が近くで見ているのだ。男として、みっともない姿は見せられない。

腰を折り、深く頭を下げた弘樹に、秀幸は「気が向いたら帰ってこい」と優しく笑う。

「え？」

「私が元気なうちに教えたいと思っていたことは、彼女が教えてくれたようだからな。当分は好きにすればいいさ。一度は経営を哲郎に任せるのも悪くない」

思いがけない言葉に驚き、目を大きくする。

そんな弘樹をチラリと見て、秀幸が面白そうに肩を揺らした。

「人を育てることができるのは、結局は人だ。だが全てにおいて他人より秀でているお前は、その分孤独で、人と深く関わるのが難しいのではないかと思っていたが、年寄りのいらぬ心配だったようだな」

既婚者のフリをして自由を守る弘樹に、秀幸はいつも苦い顔をしていた。

それはいい年をしてくだらない遊びをする弘樹を叱るのと共に、自ら孤独を選ぶ孫の将来を心配してのことだったようだ。

『誰かを好きになるって、都市整備に似ていますよね』

いつだったか、莉子が口にした言葉が脳裏に蘇《よみがえ》る。

まさにそのとおりだ。

彼女を愛して、彼女に愛される喜びを知ったことで、それまで気付くことのできなかったたくさんの思いに目が行くようになった。

そんな今の自分は、もうあの頃の自分には戻れない……というより、戻りたくない。

そんなことを考えていると、ソフトクリームを食べ終わった神田と莉子がこちらに戻ってくるのが見えた。

目が合うと、莉子が小さく手を振る。

弘樹にはにかんだ笑みを向けてくる姿は、差し込む夕日に照らされ、淡い燐光《りんこう》を放っているように見える。

神々《こうごう》しく、愛おしい存在。

「幸せにな」

莉子を見つめ、ほぅっと表情を和《なご》ませる弘樹の腰を秀幸が軽く叩く。

「ありがとうございます」

自分の背中を押してくれる祖父に柔らかな微笑みを返して、弘樹が駆け出す。それに気付いた莉子も彼に駆け寄ってきて、自然に二人は互いの手を取るのだった。

エピローグ　月が綺麗ですね

ソフトクリームを食べ終えた神田と共に、弘樹たちに合流した莉子は、先にパーティー会場に行くという神田と秀幸を見送った。

本当は莉子たちも一緒に移動しようとしたのだけれど、神田に「せっかく展望台まで来たんだから、二人で景色を楽しんでからおいで」と言われたため、莉子と弘樹だけ残ることになった。

「あっと言う間に夜ですね」

雨宮と対峙している時はまだ夕暮れだったのに、今は太陽が完全に沈み、西の空の裾《すそ》に微《かす》かな名《な》残《ごり》を感じるだけになっている。

空には、白い月がぽっかり浮かんでいた。

「……」

「二人で駅まで歩いた日も、こんな月が浮かんでいたな」

足を止めて月を見上げる莉子の隣に立つ弘樹が言う。

莉子もその時のことを思い出していたので、彼が同じ気持ちでいてくれたことが嬉しい。

静かに微笑む莉子の頬に、弘樹はそっと指を滑らせる。

「あの日、軽やかな足どりで俺を追い越していった莉子が、今は俺の隣にいてくれる。そして今の君は、俺にとって月より尊《とうと》いよ」

そんなふうに言われるのは気恥ずかしいけど、これまでの頑張りを認めてもらえているようで嬉しくもある。

「少しは、弘樹さんに追いつけましたか？」

莉子の問いかけに、弘樹は首を横に振る。

「……そっか」

小さく落胆すると同時に、彼に追いつき、時には彼を支えられる存在になりたいという自分の目標のために、もっと頑張らなくちゃいけないと奮起する。

そんな莉子の心の内側を読み取ったように、弘樹が軽く頭を振って笑った。

「いつか俺を追い越して、どこか遠くに行ってしまうんじゃないかって怖くなる」

「弘樹さん……？」

再び月を見上げた弘樹が、フッと小さく笑った。

「月が綺麗ですね……愛の言葉をそんな表現に置き換えた文豪もいるけど、俺はそういった遠回しな告白はガラじゃない」

そう言って、こちらへ体を向けた弘樹に名前を呼ばれる。

「莉子」

「……？」

声に導かれるように莉子が彼と向き合うと、弘樹はスーツの胸ポケットから小さな箱を取り出し、その場に片膝をついた。

布張りの小さな箱を手に、弘樹が自分を見上げる。

「――っ！」

ここまでくれば、莉子にだって、彼がなにをしようとしているのか理解できる。

驚きから両手で口元を覆《おお》う莉子に、箱の蓋《ふた》を開けて弘樹が言う。

「君と出会って、守る存在がいることの大切さを知った。俺はもう、それを知らなかった昔の自分には戻れない。だから小日向莉子さん、俺と結婚してください」

これまでも結婚を匂わす発言をされたことはあったけど、突然の正式なプロポーズに驚きを隠せない。

周囲の視線が、こちらへ集まる。

そのことに多少の気恥ずかしさを感じる。だけど、莉子だって彼に恋する前の自分にはもう戻れないのだから、答えは一つしかない。

莉子がコクリと頷くと、周囲から拍手が沸き上がる。

「ありがとう」

「私の方こそ、ありがとうございます」

弘樹は心底ほっとした表情で立ち上がると、莉子の左手を取り、その左手薬指に指輪を嵌《は》める。

「これからの長い人生、俺と一緒に歩いてください」

周囲から温かい拍手を向けられる中、弘樹は改めてプロポーズの言葉を口にする。

莉子は一瞬、空に浮かぶ月へと視線を向け、再び彼へと視線を向けた。

去年の冬、月を見上げて彼と歩いた夜は、自分たちにこんな未来が待っているなんて考えもしなかった。

彼と出会えた運命に感謝して、莉子は頷く。

「こちらこそ。よろしくお願いします」

はにかむ莉子の返事に、弘樹は表情を綻《ほころ》ばせその頬に口付けをした。

〜大人のための恋愛小説レーベル〜

ETERNITY
エタニティブックス

装丁イラスト／南国ばなな

エタニティブックス・赤

完璧御曹司はウブな許嫁を愛してやまない　冬野まゆ

二十年来の許嫁を一途に愛する二十五歳の愛理。しかし、結婚適齢期となっても、二人の関係は清く正しすぎる兄妹のようなもの。そんな中「彼が婚約破棄を望んでいる」と聞かされた愛理は、愛する許嫁のために身を引く決意をして……？　実は溺愛ド執着御曹司×一途な前向きお嬢様の、極上年の差ラブ！

装丁イラスト／つきのおまめ

エタニティブックス・赤

今日から貴方の妻になります
〜俺様御曹司と契約からはじめる溺愛婚〜
冬野まゆ

幼い頃、事故で両親を亡くし祖父に引き取られた乃々香は、同居する従姉妹と彼女を溺愛する伯母から目の敵にされて育つ。自立してホッとしたのも束の間、評判の悪い成金のバカ息子との結婚を決められてしまう。そんな乃々香に、従姉妹の婚約者が破格の条件で契約結婚を提案してきて……？

※エタニティブックスは大人の女性のための恋愛小説レーベルです。ロゴマークの色で性描写の有無を判断することができます（赤・一定以上の性描写あり、ロゼ・性描写あり、白・性描写なし）。

詳しくは公式サイトにてご確認ください。
https://eternity.alphapolis.co.jp/

〜大人のための恋愛小説レーベル〜

ETERNITY
エタニティブックス

装丁イラスト／チドリアシ

エタニティブックス・赤

完璧御曹司の年の差包囲網で甘く縛られました

冬野まゆ

大手設計会社で一級建築士を目指す二十五歳の里穂。念願叶って建築部へ異動したのも束の間、専務の甥の不興を買って、できたばかりの新部署へ飛ばされてしまう。ところがそこで、憧れの建築家・一樹の補佐に大抜擢⁉ 甘く、時に妖しく翻弄してくる一樹に、憧れが恋に変わるのはあっという間で——？

装丁イラスト／アヒル森下

エタニティブックス・赤

隠れ御曹司の手加減なしの独占溺愛

冬野まゆ

老舗ホテルのブライダル部門で、チーフとして働く二十七歳の香奈恵。ある日、仕事でピンチに陥った彼女は、一日だけ恋人のフリをするという条件で、有能な年上の部下・雅之に助けてもらう。ところが一日だけのはずが、気付けば完全に外堀を埋められ結婚前提の恋人になっていて……⁉

※エタニティブックスは大人の女性のための恋愛小説レーベルです。ロゴマークの色で性描写の有無を判断することができます（赤・一定以上の性描写あり、ロゼ・性描写あり、白・性描写なし）。

詳しくは公式サイトにてご確認ください。
https://eternity.alphapolis.co.jp/

〜大人のための恋愛小説レーベル〜

ETERNITY
エタニティブックス

積年の想いに包まれる♥
婚約破棄されましたが、一途な御曹司の最愛妻になりました

エタニティブックス・赤

小日向江麻《こひなたえま》

装丁イラスト／秋吉しま

急逝した父の店を継ぎ、オーナー兼スタッフとして修業中の日和《ひより》。婚約者が突然蒸発し、落ち込む彼女を慰めたのは、幼馴染の泰生《たいせい》だった。ずっと近くで日和を見守ってくれていた彼に、ふいに「本当はずっと好きだった」と告白され、関係を持ってしまう。「もう自分の気持ちを隠さない、覚悟して」その宣言どおり、甘やかなアプローチが始まり…。そんなある日、元婚約者が二人の前に現れて――!?

※エタニティブックスは大人の女性のための恋愛小説レーベルです。ロゴマークの色で性描写の有無を判断することができます（赤・一定以上の性描写あり、ロゼ・性描写あり、白・性描写なし）。

詳しくは公式サイトにてご確認ください。
https://eternity.alphapolis.co.jp/

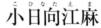

この作品に対する皆様のご意見・ご感想をお待ちしております。

おハガキ・お手紙は以下の宛先にお送りください。

【宛先】

〒150-6019 東京都渋谷区恵比寿4-20-3 恵比寿ガーデンプレイスタワー19F
（株）アルファポリス　書籍感想係

メールフォームでのご意見・ご感想は右のＱＲコードから、
あるいは以下のワードで検索をかけてください。

アルファポリス　書籍の感想　検索

ご感想はこちらから

一晩《ひとばん》だけの禁断《きんだん》の恋《こい》のはずが
憧《あこが》れの御曹司《おんぞうし》に溺愛《できあい》されてます

冬野まゆ（とうの まゆ）

2024年1月31日初版発行

編集－本山由美・森 順子
編集長－倉持真理
発行者－梶本雄介
発行所－株式会社アルファポリス
〒150-6019 東京都渋谷区恵比寿4-20-3 恵比寿ガーデンプレイスタワー19F
TEL 03-6277-1601（営業） 03-6277-1602（編集）
URL https://www.alphapolis.co.jp/
発売元－株式会社星雲社（共同出版社・流通責任出版社）
〒112-0005 東京都文京区水道1-3-30
TEL 03-3868-3275
装丁イラスト－spike
装丁デザイン－AFTERGLOW
（レーベルフォーマットデザイン―ansyyqdesign）
印刷－中央精版印刷株式会社

価格はカバーに表示されてあります。

落丁乱丁の場合はアルファポリスまでご連絡ください。

送料は小社負担でお取り替えします。


ISBN978-4-434-33318-7 C0093